朝圣

〔巴西〕保罗·柯艾略 著

符辰希 译

O Diário De Um Mago

北京出版集团公司

北京十月文艺出版社

新经典文化股份有限公司
www.readinglife.com
出　品

当我们踏上朝圣之路时，我觉得自己已经实现了年少时的一大梦想。你就是我的巫师唐望，我在追寻超凡之境的道路上重温了卡斯塔尼达^①不朽的传奇。

我千方百计想塑你为英雄，却通通被你断然回绝。我们的关系由此陷入紧张，直至我最终明白：超凡之境恰在凡人之路上。如今，这一领悟成为我人生的珍宝，将伴我终生，使我去面对一切。

我想与他人分享这一领悟，为此，谨以本书献给你，佩特鲁斯。

---

①卡洛斯·卡斯塔尼达（1925－1998），美国作家，以创作"唐望"系列作品著称于世。作品中的印第安巫师唐望重塑了他的信仰，并传授他原始巫术。（书中凡未标"原注"的，皆为译注。）

他们说："主啊，请看！这里有两把剑。"耶稣说："够了。"

《路加福音》22:38

目录

开始之前

二十年后。

这里是法国南部某城，我正坐在一片花园里。

望着眼前的群山，我想起了二十年前，就在离脚下不远的地方，我曾徒步翻越崇山峻岭，那是我第一次踏上圣地亚哥朝圣之路。

现在，仿佛又回到了当年：一个午后，一杯咖啡，一瓶矿泉水，身边的人来来往往，音笑不绝——只是当时的场景是莱昂的平原，当地的语言是西班牙语。那时，我的生日快要到了，从圣让－皮耶德波尔出发也已有些时日，但通往圣地亚哥－德孔波斯特拉①的朝圣之路才刚刚走过一半。我向前望去，只有一片单调的景色，我的向导在一个仿佛凭空冒出

---

① 西班牙加利西亚自治区的首府，基督教朝圣胜地之一。相传耶稣十二门徒之一的圣雅各，即圣地亚哥安葬于此。

的酒吧里喝着咖啡。我又向后看去，同样的景致，同样的单调，唯一的差别在于，来时的一路尘泥上有我的鞋底留下的脚印。但这是短暂的，夜幕降临之前，自会有风将那脚印抹去。一切在我眼里都极不真实。我在这里做什么？尽管已经过去好几个星期，这个问题依然萦绕在我心头。

我是在寻找一把剑，在完成拉姆教团的一种仪式。拉姆教团是天主教会下属的一个小型修会，致力于破解世界上的象征语言，除此之外，它没有任何秘密与玄幻之处。我在想，自己应该是被误导了。所谓灵魂探寻，不过是一件没有意义、缺乏逻辑的事情，或许我本该留在巴西，打理那些惯常打理的事务。我怀疑这场灵魂探寻中还存有多少诚意，要做的一切太劳力伤神：我得寻找从未现身的神灵，在正确的时间准时祷告，走过陌生的路途，遵守各种清规戒律，还要接受一些在我看来荒诞不经的指令。

就是这样的，我在怀疑自己的诚意。这些日子以来，佩特鲁斯始终说，这条路属于所有人，属于普天下的芸芸众生。这话让我深感失望。我曾以为，只有少数被选中的人能接近宇宙的本真，而我目前的所有努力，都是为了让自己能够脱颖而出。我以为，终有一天我会发现，许许多多的传说都是真的：在西藏真有一些神秘的土地，由智者统治；世上真有一种神奇的魔药，在缺乏好感的男女间催生出爱情；真有一些仪式，能瞬间开启天堂的大门。

但佩特鲁斯告诉我的恰恰相反：并不存在什么上帝的选民。所有人都可以被选中，只要他们不自问"我在这里做什么"，而是下定决心，义无反顾，并释放出内心全部的激情。人只要满怀激情地奋斗，自然会找到天堂的大门，在真爱之中洗心革面，并寻得正途，接近上帝。正是这份激情，而非成千上万本经典著作，让我们与圣灵相连相通。那些所谓的"秘密仪式"或者"地下修会"并不能实现任何奇迹。只有你愿意相信生命本身就是一个奇迹，奇迹才会降临于你。总之，要成为一个真正的"人"，关键是要决意完成自己的天命，而不是在什么"生命的奥秘"问题上绕圈子、做文章。

现在我来到了这里，通往圣地亚哥的路，才刚刚走过一半。

在遥远的一九八六年，莱昂的那个午后，我不会想到六七个月之后自己会写出一本书，记录下那番经历。当时，我的灵魂正经过一位名叫圣地亚哥的牧羊少年，他在寻找一份宝藏；一个名叫维罗妮卡的女人，她打算吞药自杀；还有一个叫派拉的姑娘，她来到彼德拉河畔，一边哭泣，一边写着日记。[①]那时我只知道自己惶惶终日，神经紧绷，跟佩特鲁斯交谈几句都很胆怯，因为我终于发现，自己已无法回归过去的生活

---

① 以上情节出自作者的三部作品《牧羊少年奇幻之旅》《维罗妮卡决定去死》和《我坐在彼德拉河畔，哭泣》。

了——每月月底再也拿不到一笔不菲的收入，放弃了一份游刃有余的工作，也舍弃了心理上的安定感。即便如此，我仍需要改变，需要追随自己的梦想，尽管它在我看来有些幼稚，有些荒唐，而且难以实现。成为一个作家，这是我一直深藏心底的愿望，但我缺乏勇气开始写作。

佩特鲁斯喝完了咖啡和矿泉水让我去结账，好继续赶路，因为离下一座城市还有好几公里的路。人群依旧来来往往，音笑不绝，他们用眼角瞥着我们这两个已届中年的朝圣者，心里不免在想：世上怎么还会有这么奇怪的人，陈年旧俗已经作古，他们却总想活在过去。①此时气温应该在二十七摄氏度左右，已是傍晚时分，我开始第一千次地悄声问自己：我在这里做什么？

我真想有所改变吗？我不这么认为，但无论如何，这条朝圣之路正潜移默化地改变着我。我想要参透那些奥秘吗？我认为是的，但这条路却逐渐教我明白，并不存在任何奥秘，正如耶稣基督所言：掩盖的事，没有不露出来的；隐藏的事，没有不被人知道的。②总之，正在发生的一切与我期待的恰恰相反。

我们起身上路，一言不发地走着。我完全沉浸在自己的

①在我朝圣的那一年中，仅有400人走完了圣地亚哥朝圣之路。而到1999年，据非官方记载，每天就有400人经过文中提及的那个酒吧。——原注
②《路加福音》12:2。

4

思考与不安中，而佩特鲁斯应该正惦记着他在米兰的那份工作——这是我猜的。他之所以来到这里，从某种程度上讲，是屈于传统，可能他正盼着尽快结束此行，早点回去做自己喜欢的事。

那个下午剩余的时间里，我们就一直这样走着，没有只言片语的交流。那时还没有手机，也没有传真和电子邮件。我们俩不得不朝夕相处，但又彼此保持距离。圣地亚哥就在前方，但我无从想象，这条路引我到达的并不仅仅是那里，还有其他许多地方。那天下午，在莱昂的平原上，我和佩特鲁斯都不知道，我也是在向米兰进发。米兰是佩特鲁斯的家乡，十年后我才抵达那里，带着一本叫《牧羊少年奇幻之旅》的书。我是在朝我的天命前进，我曾梦想过它多少回，又多少回将它否定。我也是在朝这座花园进发，二〇〇六年一月的这个下午，有一杯咖啡，一瓶矿泉水，有怡人的阳光，还有伊丽莎白写给我的一封信，她邀我为意大利语版的《朝圣》作一篇序。

我正向前进发，为了见证一本书在佩特鲁斯的祖国出版。书里讲的，是我重获新生的故事。

保罗·柯艾略

于圣马丁，二〇〇六年一月

序 幕

"在神圣的'拉姆'面前,请用双手抚触生命之语,以获得力量,成为它在全世界的见证人!"

师父高举着我的新剑。篝火噼噼啪啪作响,这是好事,表明仪式可以继续。我跪下,开始用双手挖地。

那是在一九八六年一月二日的夜晚,马尔山脉的一座山峰上,离著名的阿古利亚斯-内格拉斯峰不远。在场的除了我和师父,还有我的妻子、一个徒弟和当地的一名向导,以及"传统"教团的一位代表。我们五个人,加上向导——他已经知道将要发生的一切,正在参加一个仪式。而我将通过这个仪式,被任命为"拉姆"教团的魔法师。

我挖了一个长而平的坑,然后两手抚地,郑重地念着仪式语。妻子走过来,将那把在数百次魔法中助我一臂之力的剑递给我,它已陪了我十多年。我将剑放入挖好的坑里,埋上土，抚平。我想起了曾经的种种考验和所认知的一切，以及因这把剑见识的种种异象。如今，它将归于泥土，用剑身和剑柄反哺给它力量的大地。

师父走近，将新剑放在埋有旧剑的土地上，然后发出一道光环，将张开手臂的众人围在其中。光环并不太亮，与映在人们身上的黄澄澄的篝火火光相应和。接着，他抽出自己的剑，用剑尖轻触我的双肩和前额。

"以'拉姆'的力量和爱，任命你从今日起为本教团终身师父和骑士。'拉姆'（RAM），R 为严格，A 为爱，M 为仁慈；R 也为王国，A 为羔羊，M 为世界。① 拿到剑后，万勿让剑久留在剑鞘中，因为它会生锈。但剑一出鞘，必要行善事、开新路、见敌血，否则不可回鞘。"

剑尖轻轻划破我前额。我无须沉默，无须掩饰所能，无须掩藏奇迹。我已经成为一名魔法师。

我伸手去拿我的新剑。是把钢剑，黑色剑鞘，暗红色木质剑柄。就在我手握剑鞘准备拿起它时，师父上前，狠狠踩住我的手指。我叫了一声，松开手。

光环消失，师父的脸在篝火的映照下讳莫如深。而我一脸茫然。

---

① 拉姆（RAM）是西班牙文"严格"（Rigor）、"爱"（Amor）和"仁慈"（Misericórdia）三个词语的首字母大写，也是拉丁文"王国"（Regnum）、"羔羊"（Agnus）、"世界"（Mundi）三个词语的首字母大写。

师父冷漠地看看我，叫过我的妻子，将新剑交给了她。然后转身对我说：

"拿开你的手。'传统'之路不属于那些被挑选出来的少数人，属于所有人。你具有的力量分文不值，因为它不可与人共享。你应该拒绝此剑，剑才会交予你，因为你的心是纯洁的。我本担心你会在这崇高的一刻迷失，事情果然如此。因为贪婪，你得重新上路去寻剑。因为高傲，你得在纯朴之人中寻找。因为痴迷，你需要尽上全力，才能得到本该慷慨赐予之物。"

世界仿佛从我脚下消失了。我惶恐不堪地跪着，脑中毫无思绪。旧剑已归还大地，新剑尚未给我，我将像一个毫无力量、手无寸铁的人一样重新开始。在我接受天意任命的时刻，师父却狠狠踩着我的手指，将我带回人间。

向导熄了篝火，妻子将我扶起来。新剑在她手里，然而依据"传统"教团的规定，没有师父的允许，我不能碰它。向导举着灯笼，我们跟在身后，默默地穿过树林，来到停在山下小土路边的车子旁。

没有人道别。妻子将剑放进后备厢，开动了车子。在坑坑洼洼的道路上，我们之间只有沉默。

"别担心，"很久之后，妻子开口了，"你会重新得到它。"

我问师父和她说了些什么。

"只说了三件事。一，他该带件厚衣服来，山上真冷。二，你的表现在他预料之中，许多人都这样，这种情况常常发生。三，你的剑会在特定的时刻，在你必经之路的某一处等着你。我也不知道是什么时候，他只告诉我把它藏在那里，等你去找。"

"什么必经之路？"我很紧张。

"他没有讲清楚，只说你要去西班牙地图上找一条闻名遐迩又古老的中世纪道路，就是神奇的圣地亚哥之路。"

抵 达

我的妻子拿着一把剑，海关人员盯着看了好久，问我们带这个干什么用。我说要请一个朋友估个价钱，好拿去拍卖。这谎话果然奏效，海关人员递来了一份申报单，让我们写明剑是从巴哈达斯机场携带入境的。他告诉我们，如果出境时遇到任何问题，向海关出示这张单子就行了。

我们来到租车柜台租了两辆车。拿好单据后，便前往机场餐厅，准备在分别前一起吃点东西。

前一晚我在飞机上一夜无眠，心里既有对飞行的恐惧，又有对前景的忧虑。尽管如此，此刻的我却很兴奋，头脑清醒。

"别担心了，"妻子第一千次说道，"你得先去法国，在圣让－皮耶德波尔找到洛尔德斯夫人，她会帮你联系一位向导，带你走过圣地亚哥之路。"

"那你呢？"我也第一千次问道，尽管早已知道答案。

"我会去该去的地方，把所托付的东西放下，之后在马德里待上几天，返回巴西。那些生意，我能打理得跟你一样好。"

"这我知道。"我回答说，心里却想回避这个话题。对于丢在巴西的生意，我依旧感到忧心忡忡。阿古利亚斯－内格拉斯峰上的那一幕发生后，我半个月内便掌握了所有关于圣地亚哥之路的必要信息。但之后又拖延了将近七个月，我做不到放下一切开始朝圣。一天早上妻子对我说时日已近，我如果还没有下定决心，不如永远忘掉"传统"之路和拉姆教团。我则努力向她证明师父交给我的任务不可能完成，我每天都有工作要做，绝不能一走了之。她笑了笑，说我的理由真是愚蠢，因为过去近七个月里我几乎一事无成，日日夜夜只是琢磨到底该不该去。接着她极其自然地伸手，递给我两张机票，航班的日期已印得清清楚楚。

"都是因为你的决定，我们才来到这儿。"在机场餐厅里，我对她说道，"我找自己的剑，却让别人来作决定，我不知道这样对不对。"

妻子说如果再扯这些废话，那就不如各自领了车，立刻分道扬镳。

"你这辈子就从没让别人帮你作过决定。我们走吧，时候不早了。"她站起身，拿上行李向车库走去。我依旧坐在那里，一动不动地看着她漫不经心地背着剑的样子，那剑好像随时会从她肩上滑落。

走到半路，她忽然停住了，转身回到桌边，在我的唇上响亮地吻了一下，然后久久看着我，一言不发。突然之间我意识到，自己已身在西班牙，再也不能回头。尽管我有种随时都可能功亏一篑的可怕感觉，但无论如何已经迈出了第一步。那一刻，我的心里充满了眷恋，我满怀爱意地拥抱了妻子，拥她入怀时，我向万事万物祈求，恳请它们赐我力量，让我寻得宝剑，回到她身旁。

"看到了吗？多漂亮的剑啊。"妻子走后，邻桌的女人评价道。

"放心吧，"一个男人答道，"我能给你买把一模一样的。西班牙的旅游商店里，这样的剑多着呢。"

开了一个小时的车后，昨夜累积的疲劳向我阵阵袭来。八月的天气如此炎热，即便行驶在平坦无阻的公路上，汽车也快要开锅了。我决定在一座小城停留片刻，公路上的指示牌显示,该城是国家级文化遗产。我沿着陡峭的山坡驶向小城，此时，有关圣地亚哥之路的一切又一次浮现在我脑海中。

伊斯兰教要求每一个虔诚的信徒，一生中至少效法穆罕默德一次，从麦加走到麦地那。同样，在基督教的第一个千年里，也出现了三条神圣的朝圣之路。基督徒只要走过其中任何一条，就会受到祝福或是得到宽恕。第一条路通往罗马的圣彼得墓，这条路上的朝圣者以十字为标志，人称"罗马朝圣者"。第二条路通向耶路撒冷的基督圣墓教堂，走过这条路的基督徒被称作"棕榈朝圣者"，因为他们手持棕榈叶，正如当年欢迎耶稣进入耶路撒冷的人们一样。第三条路一直通往使徒圣雅各的遗骸所在地。他被葬在伊比利亚半岛上的一个地方，某天夜晚，当地的一个牧羊人在原野上空看到了一颗闪耀的星星。传说中，除了圣雅各，圣母马利亚也在耶稣死后来到此地宣扬福音，召民入教。那里后来又被称作"孔波斯特拉"，意为"星星的原野"，渐渐地，它发展成一座城市，吸引着各地信奉基督教的朝圣者。踏上这条神圣之途的旅者，被人们称作"远行朝圣者"，他们的标志是一片扇贝壳。

十四世纪时，这条"银河之路"（在晚上，远行朝圣者根据银河来确定方位）迎来了它的黄金时期，每年都有上百万人从欧洲各地赶来。直至今日，仍有一些神秘主义者、虔诚信徒和研究人员会徒步走过这七百公里，从法国城市圣让－皮耶德波尔行至西班牙的圣地亚哥－德孔波斯特拉大教堂。①

一一二三年，一位名叫阿梅里克·庇古的法国牧师步行至圣

①圣地亚哥之路的法国部分由多条道路组成，各条路最后在西班牙城市蓬特韦德拉汇合。圣让－皮耶德波尔城位于其中的一条道路上，这座城市既非唯一也非最重要的一个。——原注

地亚哥朝圣，多亏了他，今天朝圣者行走的路线才与中世纪的朝圣之路分毫不差。在这条道路上，出现过查理曼大帝、阿西西的方济各、卡斯蒂利亚的伊莎贝拉一世①以及教皇约翰二十三世②等人的身影。

庇古写了五本书来记叙自己的经历，并以圣雅各的虔诚信徒——教皇加里斯都二世③的名义公之于世，这就是后来众所周知的"加里斯都抄本"。在抄本第五卷《圣雅各书》中，庇古描述了沿途的自然特征、水源、医院、收容所和城镇情况。因为庇古的记录，出现了一个名叫"圣雅克之友"的社团（圣地亚哥在法语中称圣雅克，在英语中称詹姆斯，意大利语中是乔科莫，拉丁语中为雅各），该团体致力于将这些自然特征保存下来，为众多朝圣者指引路途。

同样也是在十二世纪，为了抗击入侵伊比利亚半岛的摩尔人，西班牙民族开始宣传并利用圣雅各的神秘。在圣地亚哥之路沿途，众多军事性修会纷纷成立。然而，光复运动结束时，这些军事修会已强盛到对国家政权构成了威胁，各位信奉天主教的国王不得不进行直接干涉，以防它们推翻贵族

①伊莎贝拉一世（1451–1504），卡斯蒂利亚女王，与丈夫斐迪南二世完成了对摩尔人的光复运动。
②教皇约翰二十三世（1881–1963），生于意大利，于1958年至1963年在位，是历代教皇中颇受敬重的一位。
③教皇加里斯都二世（？–1124），1119年至1124年在位。

阶层。自此，朝圣之路逐渐被淡忘，若非一些零星的艺术作品，如布努埃尔①执导的《银河之路》和优安·曼努埃尔·色拉特②演唱的《步行者》，今天的人也许不会记得曾有成千上万的人从这里走过，后来成了新大陆的主人。

我开车驶入这座小城。城中荒凉之极，寻觅好久才找到一家餐厅。餐厅由一幢中世纪风格的老房子改造而成，主人正目不转睛地看着电视。但他没忘告诉我这会儿正是午休时间，还说天这么热，我在路上走简直是疯了。

我要了一份冷饮，试着看会儿电视，但根本无法集中注意力，一心想着两天之后，我将在二十世纪重温人类历史上的一大冒险。就像尤利西斯从特洛伊出发，堂吉诃德出走拉曼查，但丁和俄耳甫斯闯入地狱，哥伦布驶向美洲大陆所经历的一样，这一冒险是向着未知进发。

回到车里，我已经平静了些。即使找不到剑，圣地亚哥朝圣之旅也最终会让我找回自己。

---

①路易斯·布努埃尔（1900—1983），西班牙国宝级电影导演、剧作家、制片人。代表作有《安达鲁之犬》等。
②优安·曼努埃尔·色拉特（1943— ），西班牙加泰罗尼亚歌手。

圣让－皮耶德波尔

圣让－皮耶德波尔市的主干道上，戴着面具的游行队伍和一支乐队将路面挤得水泄不通，所有人都穿着法国巴斯克地区①的红绿白三色传统服装。这是一个星期天，此前两天我一直在赶路，眼下根本无暇停下来观看这场庆典。我在人群中辟出一条道来，不顾时不时传入耳中的几句法语的咒骂，最终钻进了由城墙拱卫的老城区。洛尔德斯夫人应该就住在这里。即便是在这片靠近比利牛斯山脉的区域，天气依然酷热难耐，我下车时已是汗流浃背。

我敲了敲门，一次，两次，三次，都毫无回应。我惴惴不安地在马路边坐下。妻子曾告诉我应该在这一天来到这里，可现在却无人应门。可能洛尔德斯夫人出门看游行去了，也

---

①位于比利牛斯山西部，地跨法国、西班牙，邻接比斯开湾，为昔日巴斯克人及巴斯克语的故土。

有可能是我来得太晚，她决定过时不候。如果真是这样，圣地亚哥朝圣之旅还未起程，便已经结束。

突然，门开了，一个小女孩蹦着跑出来，吓了我一跳。我用蹩脚的法语问她洛尔德斯夫人在不在。小女孩冲我笑笑，抬手指向门内。我这才发现自己犯了一个错误。门后的院子很大，围着一圈带阳台的中世纪风格的房屋。门原本就开着，而之前我竟没有丝毫胆量碰一碰门把手。

我跑进院里，直奔小女孩指给我的那座房子。屋内，一位又老又胖的妇人不知为了什么事，正用巴斯克语高声责骂一个小男孩，男孩褐色的眼睛里满是忧伤。我在一旁等着这番教训结束。终于，在一浪又一浪的骂声中，可怜的小男孩被支去了厨房，老妇人这才向我转过头来，什么都没问，便用看上去很优雅的手势和轻轻的推搡动作，带我来到二楼。楼上只有一间狭小的办公室，屋里摆满了图书、各种物件、圣雅各的塑像和朝圣之路的纪念物。她从书架上抽出一本书，在屋里唯一一张桌子前坐了下来，让我独自站在那里。

"你大概又是一个圣地亚哥之路的朝圣者吧。"她开门见山地说道，"我得在朝圣者名册上记下你的姓名。"

我报上自己的名字，然后她问我有没有带扇贝壳。[①] 这种大

---

① 法国文化在圣地亚哥之路上留下的唯一烙印，恰是令整个民族都为之骄傲的美食——扇贝。——原注

贝壳是去往使徒圣雅各墓的朝圣者的标志，供他们彼此识别。来西班牙之前，我曾拜访过巴西的一处朝圣地，人称"北方的阿帕雷西达"，还在那儿买了一座"圣母显灵像"，底座正是三块扇贝壳。我从包中掏出圣母像，递给了洛尔德斯夫人。

"挺漂亮，但不实用。"她边说边将圣像递还给我，"路上可能会摔碎的。"

"不会的。我要把它放在使徒的墓前。"

洛尔德斯夫人似乎没工夫理会我。她递给我一个小手札，说有了它，我便可以投宿沿途的修道院，又在手札上盖了一个圣让－皮耶德波尔的图章，以标明我起程的地点。之后她告诉我可以出发了，愿上帝与我同在。

"但我的向导在哪儿呢？"我问道。

"什么向导？"她显得有些诧异，眼中却分明闪过一丝光亮。

我意识到自己少做了件重要的事情。来得匆忙，又急于求人接待，我竟忘了说那句"古语"——属于"传统"教团或"传统"教团下属修会的暗号。于是我立刻改过，道出"古语"。洛尔德斯夫人闻言，一把夺过了几分钟前才发给我的手札。

"这个你已经不需要了。"她边说边将一堆旧报纸从一个硬纸箱上拿开，"无论走路还是休息，你都得听向导的。"

洛尔德斯夫人从箱子里取出一顶帽子和一件斗篷。两件东西看上去都有些年头了，但保存得还不错。她让我站在屋子中央，自己开始默默祈祷，然后给我披上斗篷，戴好帽子。我注意到，无论是帽子还是斗篷的两肩都缝有扇贝壳。她继续祷告着，从屋子的角落里抓起一根牧羊棍，叫我用右手握紧它。牧羊棍的一头还系着一个装水的小葫芦。我就这样站在那儿，穿着牛仔短裤和印有"我爱纽约"字样的 T 恤，却披着中世纪圣地亚哥朝圣者的行头。

她上前两步，在离我两拳远的地方站住了，似乎陷入了恍惚，用双手的掌心按住我的头，口中念道：

"愿使徒雅各伴你前行。愿他指明你一心寻求之物。莫要行走过快或过慢，但须永远遵循朝圣之途的法则与需求。遵从向导，即使他命你杀人、渎神或行荒诞之事。你须起誓，绝对服从向导。"

我按照她说的起誓。

"'传统'教团古代朝圣者的灵魂将伴你同行。帽子为你遮阳光挡恶念，斗篷为你抵风雨御恶言，牧羊棍为你驱敌人避恶行。上帝、圣雅各和圣母的祝福伴你日日夜夜。阿门。"

说完这些，她又恢复了常态，有些不耐烦地迅速收起帽子和斗篷放进箱子，将系着葫芦的牧羊棍扔回角落。之后她把接头暗语告诉了我，叫我赶快走人，因为向导正在离圣让－皮耶德波尔大约两公里的地方等着我。

“他很讨厌乐队。”她说，“就算隔着两公里远，他应该还是能听到，比利牛斯山可是个极好的共鸣箱。”

之后她就没再说什么了，径自走下楼梯，进了厨房，又把那眼神忧伤的男孩数落了一番。出门时，我问她我的车该怎么办。她让我留下车钥匙，说自会有人来开走它。我走到后备厢前，取出那个上方捆着睡袋的蓝色小背包，把带贝壳的圣母显灵像塞进包里最安全的角落，背上它，将钥匙交给了洛尔德斯夫人。

“沿这条路直走，过了城墙尽头那道门，就出城了。”她对我说，“等你到了圣地亚哥，请替我念一声‘万福马利亚’。这条路我走过许多次，现在只要看到朝圣者的眼里仍有和我一样的激情，就已经心满意足了。我岁数大了，再想前往那儿已经力不从心。请把这些都告诉圣雅各，还要转告他，我随时都可能去见他，不过是走另一条路，一条更直接，也没那么辛苦的路。”

我穿过“西班牙之门”，出了小城。这条道路在历史上深受罗马入侵者青睐，查理曼大帝与拿破仑的大军也曾踏过这里。我默默地向前走去，听着从远处传来的乐队演奏声，突然激动起来，热泪盈眶。站在圣让－皮耶德波尔城附近的这个小村落旧址，我第一次意识到自己的双脚已经踏上了神奇的圣地亚哥之路。

环顾山谷，清晨的阳光连同乐队奏出的旋律，将比利牛斯山脉绘染得多彩多姿，我感受到了某种原始的存在，某种早已被人类忘却的东西，但又无从知晓它究竟是什么。这种感觉神奇而强烈。我决定加快步伐，尽快赶到洛尔德斯夫人告诉我的地方，向导正在那里等我。我边走边脱下 T 恤塞进包里。背包的带子勒着裸露的肩膀，渐渐生痛，好在脚下的旧球鞋很柔软，走起来很舒适。近四十分钟后，我绕过一块巨石，拐过弯见到一口废弃的古井。一个五十岁上下的男子正坐在它旁边的地上，头发乌黑，看面容像个吉卜赛人。他在自己的背包里翻找着什么。

"你好。"我用西班牙语和他打了个招呼，声音带着和陌生人打交道时惯有的羞怯，"你是在等我吧。我叫保罗。"

男子停止了翻找，抬头看着我。他的眼神冷冰冰的，好像对我的到来并不感到惊讶。我也隐约有种似曾相识的感觉。

"对，我是在等你，没想到这么快就碰到了你。你想要什么？"

我有些摸不着头脑，只好回答说自己就是那个需要他带领着走过"银河之路"去寻剑的人。

"没必要吧。"男人说，"如果你愿意，我可以替你去寻。你拿个主意吧。"

与这个陌生人的对话越来越让我觉得蹊跷。不过，我已发过誓要绝对服从向导，便开始认真考虑他的问题。如果他能替我寻剑，自然省了我许多时间，我可以很快回到巴西，见到朝思暮想的亲友，打理念念难忘的生意。虽说也有可能是他在耍我，但表示同意应该也不会吃什么亏。

我正准备说同意时，身后传来一个声音，是西班牙语，但口音极重：

"我们不必爬上山去，才知道山有多高。"

这是接头暗语！我转过身去，只见一个四十岁左右的男人正直直盯着那吉卜赛人。他穿着卡其色牛仔短裤，身上的白T恤被汗浸透了，皮肤被太阳晒得黝黑。匆忙之中，我竟然忘记了最基本的自我保护原则，碰见第一个陌生人，便把家底从里到外交给了对方。

"我们不是为了将船安全地停在港口，才去造船。"我说出了对应的暗语。然而，那男人和吉卜赛人仍目不转睛地逼视着对方。两人就这样，谁也不怕谁，但谁也没主动上前一步。对峙了好几分钟之后，那吉卜赛人把包扔在地上，轻蔑地一笑，便朝着圣让－皮耶德波尔的方向走去了。

"我叫佩特鲁斯①。"当吉卜赛人消失在我刚才绕过的巨石

①事实上，佩特鲁斯当时告诉了我他的真名。为了保护他的隐私，这里用了化名。不过，书中这种情况并不多。——原注

后面时，这个新来的男人开口了，"下次你可得小心点。"

他的语气很和蔼，与吉卜赛人和洛尔德斯夫人都不同。他抓起地上的背包，我注意到背包后画着一个扇贝壳。随后他掏出一瓶红酒，自己喝了一口后递给了我。我喝着红酒，问他那吉卜赛人是谁。

"这是条边境小道，常常有走私犯和从西班牙巴斯克地区逃亡的恐怖分子出没。"佩特鲁斯说道，"警察都不怎么来。"

"你还是没有回答我的问题。要知道你们俩好像认识彼此似的对视了好久。我也有种感觉，自己像是认得他，所以当时才那么莽撞。"

佩特鲁斯笑了笑，说咱们还是上路吧。我拿好自己的东西跟着他前行，一路默不作声。不过，从佩特鲁斯的笑中可以看出，他想的和我一样。

我们刚才碰到的是一个魔鬼。

静静地走了一会儿，我发现洛尔德斯夫人说得没错，即使隔着几公里，还是能听见片刻不歇的乐队演奏声。我有很多问题想问佩特鲁斯，关于他的生活、他的工作，以及是什么让他来到了这里。不过我也清楚，在一同走过的七百公里的朝圣路上，总会有适当的时机让我得到所有问题的答案。但是，那吉卜赛人一直在我脑海中盘绕不去，我决定打破沉默。

"佩特鲁斯，我觉得，那吉卜赛人是一个魔鬼。"

"没错，他是个魔鬼。"听到他的肯定，我既感到惊恐又如释重负。"但不是你在'传统'教团里认识的魔鬼。"

在"传统"教义中，魔鬼是种不好也不坏的精灵。人类能接触到的大部分秘密都由它来守卫，它的力量与法力足以掌控物质世界。这种坠入人间的天使自以为属于人类，并随时准备同人们做交易，以达到互惠互利的目的。于是我问佩特鲁斯，吉卜赛人与"传统"中的魔鬼究竟有什么不同。

"这一路上，我们还会碰见其他魔鬼。"他笑了笑说，"这要靠你自己去弄明白。不过，为了做到心里有底，你可以试着回想一下从头到尾都和他谈了些什么。"

我回想了一遍自己和他仅有的两句对话。他先说他在等我，之后问我愿不愿让他替我找剑。

佩特鲁斯说，一个偷包贼被逮个正着时，嘴里说出这样两句话来是再正常不过了，这样他才能博取好感，赢得时间迅速瞅准逃跑的路线。不过，这两句话也可能还有更深层的含义，也就是说，这正是他想说的话。

"哪一种更对呢？"

"都对。这个可怜的小偷，随口说了几句应景的话想要澄清自己。他自以为聪明，不料却被一股更强大的力量裹挟。如果我一来他就跑掉，我们之间的这场谈话就纯属多余了。

但他竟敢和我对视，从他的眼中，我读出了魔鬼的名字。我们还会碰见这个魔鬼。"

在佩特鲁斯看来，这场遭遇算是个好兆头，因为魔鬼这么早就暴露了。

"不过你也别担心了。我已经告诉过你，魔鬼不止这一个。也许它是最重要的，但绝不是唯一的。"

我们继续前行。之前还有些荒凉的路渐渐出现了植被，一棵棵小树散生在路旁。听佩特鲁斯的或许没错，就顺其自然吧。对于沿途所见和过往历史，佩特鲁斯会不时评论两句。我看到的这栋房子，有位王后曾在里面度过了自己的最后一夜；那座四周乱石嶙峋的小教堂，是为纪念某位圣人而建，当地寥寥几个居民都发誓说他可以创造神迹。

"神迹很重要，你不这么认为吗？"佩特鲁斯问我。

我说是的，但我从未见证过一桩伟大的神迹。在"传统"教团里，我学到的都是些理论。等找到自己的剑，相信我也可以像师父那样做出些大事来。

"但那都不能算神迹，因为它们并没有改变自然的法则。我的师父是利用这些力量来……"

我没能把话说完，因为我解释不了为什么师父能物化灵魂、隔空移物，或是像我不止一次见到的那样，在午后阴云密布的天空中辟出几方湛蓝。

"他这么做也许是为了让你相信他具备知识与力量。"佩特鲁斯答道。

"是的，有可能。"我回答得没什么底气。

我们在一块石头上坐了下来，因为佩特鲁斯不喜欢边走路边抽烟。按他的说法，那样肺会吸收更多的尼古丁，而且烟味会让他恶心。

"所以，你的师父拒绝把剑给你。"佩特鲁斯接着说，"因为你不知道他为什么要行那些神迹，因为你忘了求知之路是向所有普通人敞开的。这一路上，我会教你一些灵操，叫作'拉姆修行术'。任何人都会在人生的某一时刻至少用到其中一项。任何有心之人都可以接触到这些修行，无一例外。只要他足够耐心和敏锐，便可以在人生的课堂里学到。

"拉姆修行术非常简单，而很多像你这样的人，习惯了过于精细的生活，会认为它毫无价值。但正是它和另外三套修行术，促使人们达成任何事、任何梦想。

"当耶稣的使徒开始施行神迹、治愈病人时，耶稣赞颂并感谢了天父，因为天父将它隐瞒于智者，却昭示于质朴之人。总之，相信上帝的人也须相信，上帝是公正的。"

佩特鲁斯说得有理。如果只让那些有闲又有钱去买书的读书人获取真知，那上帝真是太不公平了。

"真正的智慧之路可以从三点辨别出。"佩特鲁斯说，"第一，须饱含博爱，这我日后再跟你说；第二，须在现实生活中有用武之地，否则智慧毫无用处，就像剑，你从不用它，它也就锈蚀了。

"最后一点，须是人人皆可涉足的道路，就像你脚下的圣地亚哥之路。"

整个下午我们都在赶路。当太阳消失在群山后，佩特鲁斯才决定停下来歇会儿。远处，比利牛斯山脉最高的几座山峰仍沐浴着落日的余晖，在我们四周闪耀。

佩特鲁斯叫我清理出一小块地，跪在上面。

"拉姆修行术的第一项内容是重获新生。接下来的七天你都得练习它，你需要以一种不同的方式去体验自己第一次接触这个世界时的感觉。你已经体会到，放弃一切来朝圣之路寻剑是何等的困难，但它之所以困难，是因为过去囚禁了你。你曾失败过，因而害怕再次失败；你曾得到过，转而害怕重又失去。但是，某种高于一切的渴望占据了你的身心，那就是找到你的剑。于是，你决定冒这个险。"

我承认他说得对，但依然未能放下他提及的担忧。

"没关系。在生活中制造各种重压的人正是你自己，这套灵操会渐渐将你从它的奴役下解放出来。"

随后佩特鲁斯教了我第一道拉姆修行术：种子灵操。

"现在就来做第一次吧。"佩特鲁斯说。

种子灵操

双膝跪地，坐于脚踝。躯体下弯，头触膝盖。手臂伸向后方，呈胎儿姿势。放松，抛除一切紧张，平静地深呼吸。你渐渐感到自己是一粒微小的种子，四周包裹着泥土，非常舒适。一切温暖宜人，你正在静静地安睡，忽然，一根手指动了动。胚芽不再想做种子了，它要生长。你开始慢慢活动手臂，然后一点点起身，跪坐在脚踝上，最后身体直立，跪在地上。整个过程中，你要想象自己是一粒种子，正慢慢变成胚芽，一点点破土而出。

彻底破土而出的时刻到了。你慢慢站起身来，一只脚踩地，然后是另一只脚。你须尽力掌控住平衡，就像挣扎着要露头的胚芽，直到完全站起。想象自己置身田野，有阳光、流水、微风和飞鸟。胚芽要长大了。向着天空缓缓举起双臂，接着不断伸展，再伸展，好像要抓住那照耀你、吸引你、赐你力量的灿烂阳光。你的身体越挺越直，浑身上下肌肉紧绷，你感到自己在生长，生长，直至变得无比高大，直至感到疼痛不堪。实在忍受不了时，就大叫一声，睁开双眼。

每天在同一时间练习此操，重复七天。

我把头垂至两膝间，深吸一口气，渐渐放松。身体很顺从，或许是因为白天走了太多的路，已精疲力竭。我开始听到大地的声音，沉闷、沙哑。渐渐地，我化作了一粒种子，没有思绪。四周一片暗黑，我在大地深处睡去。忽然，什么东西动起来。是我身体的一部分，很小的一部分，它离开了我，想唤醒我：我必须离开，因为"在上面"还有其他东西。我想睡觉，但它不屈不挠。它开始活动我的手指，手指又带动了手臂——但那既非手指也非手臂，是一棵幼小的嫩芽抗争着想要冲破泥土的阻力，向"上面的东西"进发。我感到身体开始随着手臂运动，每一秒钟都如同永恒。但对种子而言，始终有东西"在上面"等着它，它要生长，它想知道那究竟是什么。我十分艰难地向上，向上，先是头，然后是身子。一切都很缓慢，我必须努力抵抗住那股力量，它想把我推回到地底深处，我曾在那里安静长眠。我抗争着，抗争着，终于挣破了什么，直起了身。那股向下推我的力量戛然而止，我破土而出，被那"上面的东西"围裹。

　　"上面的东西"是田野。我感到了阳光的温暖，听见了鸟虫的啁鸣，还有远处传来的淙淙水声。我闭着眼睛慢慢起身，原以为自己会失去平衡，再次回到土里，但我的双臂在慢慢张开，身体渐渐伸长。我站在那里，沐浴着新生，渴望自己从内到外都有阳光照耀。那阳光无比灿烂，让我长得更高，伸得更长，好用全部的枝叶去拥抱它。我的手臂越绷越紧，浑身的肌肉开始疼痛起来，一瞬间，我觉得自己已有千万丈高，能将群山拥入怀抱。我的身体不断伸展，伸展，直到肌肉疼得实在无法忍受，我大喊出声。

睁开眼时，佩特鲁斯就在我面前微笑着抽烟。白昼的亮光还未消失殆尽，令我惊讶的是，阳光并没有我想象中那般灿烂。

我问他要不要听一下我刚才的感受，他说不用了。

"这是纯属个人的感受，自己记住就可以。我怎么评判得了？那是你的感受，不是我的。"

佩特鲁斯还说晚上就睡在这儿了。我们点起一堆小小的篝火，喝完了瓶里剩下的酒，我还用去圣让－皮耶德波尔之前买的鹅肝，做了几个三明治。佩特鲁斯又去附近的小河里抓了几条鱼回来，在篝火上烤。吃完，我们钻进了各自的睡袋。

在我一生所有的重大经历中，我永远也忘不了圣地亚哥之路上的头一夜。虽说是夏天，天气倒是挺凉爽，我嘴里依然有佩特鲁斯的红酒留下来的味道。仰望夜空，银河璀璨，为我指引着前方的漫漫长路。要是在以前，这浩瀚的景象会让我苦恼不堪，我会害怕自己无能为力，担心自己太过渺小。但现在，我是一粒重生的种子。我发现尽管睡在地下安逸又舒适，但"上面"的生活更加美妙。只要我愿意，我永远都能生长，无数次地生长，直到我的臂膀足够宽大，能拥抱生长我的土地。

造物者与被造物

我们连着赶了七天路，在比利牛斯山脉间攀上爬下。每当太阳西沉，只有那最高的几座山峰还映照在余晖中时，佩特鲁斯便要求我做一遍种子灵操。第三天，一个黄色的水泥界碑出现在眼前，这表明我们已经穿越了边境，再往前走便踏上了西班牙的国土。渐渐地，佩特鲁斯在谈话中透露了些许个人生活的踪迹。他是个意大利人，从事工业设计①。我问他，为了引导一个寻剑的朝圣者而抛开手头的一堆事情，难道不担心吗？

"我得向你说明一点，"他答道，"我不是在引导你寻剑，

---

① 柯林·威尔逊曾说这个世界没有巧合，而我可以再一次证明此言不虚。一天下午，我在马德里的一家宾馆大厅里翻杂志，一篇关于"阿斯图利亚斯亲王奖"的报道吸引了我，因为获奖者中有巴西记者罗贝托·马里尼奥。细看晚宴照片时，我大吃一惊：佩特鲁斯正在一张餐桌前优雅地吸着烟，配文中称他是"当今欧洲最负盛名的设计师之一"。——原注

能找到它的人只有你自己。我来是为了带你走过圣地亚哥之路，并教给你'拉姆修行术'。至于如何运用它们找到剑，是你自己的事情。"

"你没有回答我的问题。"

"远游是一种非常实际地体验重生的行为。你必须面对全新的情境，日子会过得缓慢许多。大部分情况下，你听不懂别人的语言，就像是一个刚从母亲腹中来到这个世界的婴儿。你会更加关心周围的事物，那是与生存相干的东西。你变得更加靠近人群，因为遇到困难的时候，他们也许能帮上你一把。对于上天的任何小小恩惠，你都会受宠若惊，欣然接受，一辈子铭记在心。

"而且，因为一切都是新鲜的，你只会察觉出它们的美，更加觉得活着是多么幸福。所以，蒙受神启的最佳方式之一是宗教朝圣。'pecado'（罪孽）一词源于'pecus'，意为有缺陷不能走路的脚。而从罪孽中悔改的办法就是往前走，不断适应新的环境，接受生活慷慨赐予祈福之人的千万祝福。

"你还会为我丢下一大堆杂事来陪你而难以释怀？"

佩特鲁斯环顾着四周，我也随着他的目光望去。一座山的山顶上，几只山羊正在吃草。其中一只胆子最大的，竟站在一块高高突起的岩石上，我不明白它是怎么上去的，又该怎么下来。正想着的空当，那山羊纵身一跃，落到我目力不及的所在，最后竟回到了同伴中间。周围的一切笼罩着一种不安的平静，一种世界仍在继续成长、继续创造的平静，那世界似乎知道它得继续赶路，勇往直前。即便有时会有大地震或是致命的风暴，让人感觉它残酷无情，但这便是沧海桑田。世界也在游历，寻找着它的启示。

"我很高兴能来这儿。"佩特鲁斯说，"那些丢下的工作不值一提，而回去之后，我会做得更好。"

在读卡洛斯·卡斯塔尼达的作品时，我非常希望能遇见那个印第安老巫师唐望。正远眺群山的佩特鲁斯，让我觉得自己在一定程度上实现了这个愿望。

第七天的下午，我们穿过一片松树林，到达一座小山的山顶。正是在这里，查理曼大帝做了他在西班牙土地上的第一次祷告。为了纪念此举，旁边还立着一块拉丁文纪念碑，请所有人在此念圣母颂祈祷。我们照做了，然后佩特鲁斯让我最后一次练习种子灵操。

风很大，天也很凉。我说现在还太早，顶多下午三点，但佩特鲁斯让我不要争辩，按他说的做。

我跪在地上开始练习。在伸出手臂想象阳光之前，一切都进行得很顺利，直到被一道炙烈的阳光照耀着，我感觉自己陷入了恍惚。记忆渐渐消弭，我已经不是在做灵操，而是变成了一棵树。我为此而喜悦。太阳在闪耀，在自转——这情况以前从来没发生过。我就这样站在那儿，伸展着枝干任风摇晃树叶，不想动弹半分。忽然什么东西碰到了我，刹那间眼前一片漆黑。

我立刻睁开了眼，是佩特鲁斯，他在我脸上打了一巴掌，现在正晃着我的双肩。

"别忘了你的目标！"他怒冲冲地对我说道，"别忘了在找到剑之前，你还有很多东西要学！"

我瘫坐在地上，刺骨的寒风让我瑟瑟发抖。

"这种情况经常会发生吗？"我问道。

"差不多吧。"他说，"尤其是像你这样的人，执迷细节而忘了目标。"

佩特鲁斯从包里拿出件羊毛衫套在身上，我也在"我爱纽约"的 T 恤外穿了件卫衣。真没想到，报上说的"十年来最热的夏天"竟然会这么冷。添了件衣服虽然挡住了冷风，但我还是求佩特鲁斯再走快点，这样身上能暖和些。

现在是一段容易走的下坡路。我说我们之所以感觉冷，是因为近来饮食太清淡，只有鱼和野果①果腹。佩特鲁斯表示不同意，他说是因为我们登上了最高峰。

---

① 有一种红色的野果，我叫不出它的名字。但现在只要看见它，我就想吐，因为那时吃得太多。——原注

又走了不到五百米，转过一个弯，景象忽变。绵延不绝的平原出现在我们面前。左手边下山的路旁，不到两百米外有一座美丽的小城，炊烟袅袅，仿佛正等待着我们到来。

我想加快脚步，但佩特鲁斯拽住了我。

"我觉得现在是教你第二项修行术的最佳时机。"他边说边坐在地上，还让我也坐下。

我不太情愿地坐了下来，因为那座小城心神不宁。我忽然意识到，我们已在丛林中，风餐露宿、马不停蹄地赶了一个星期的路，但连个人影都没看见过。我的香烟都抽完了，只能抽佩特鲁斯那气味糟糕的自制卷烟。在睡袋里睡觉，吃没味道的鱼，这些我二十岁时很喜欢干的事情，在此时此刻的圣地亚哥之路上对我而言都需要多多忍耐。我等着佩特鲁斯卷好烟，再静静抽完，心里却不耐烦地想着，从这里已经能看见一家小酒馆了，只要再走个五分钟，就能去那里面喝上一杯暖暖身子。

佩特鲁斯穿着羊毛衫，裹得严严实实的，静静坐着，心不在焉地看着那一望无际的平原。

"穿过比利牛斯山脉，感觉如何？"等了一会儿，他开口问道。

"感觉不错。"我不想拖延这场谈话。

"是不错，因为一天就能走完的路拖了七天。"

我不敢相信他说的话。他拿出地图给我看：直线距离十七公里，即便因为上下坡影响速度，走完全程也只需要六个小时。

　　"你如此执迷于寻剑，所以忘记了最重要的一点——你得走到那里。你只盯着圣地亚哥，其实从这儿也看不到，都没有注意到有几个地方我们走了四五次，只是每次的方向不同罢了。"

　　佩特鲁斯说到这儿，我才想起来，这一路上能看到的最高峰伊恰西盖峰有时在我右边，有时又在我左边。即便觉察出了异样，我也没有得出这唯一的可能的结论：我们是在来来回回地绕圈子。

　　"我只是利用走私者开辟的林间小路，从不同的方向走来走去。即便如此，你也应该发现有些异常。你之所以毫无察觉，是因为你根本没有在走路。你心中只有到达目的地的愿望。"

　　"如果我察觉到了呢？"

　　"那我们就随便干点什么度过这七天，因为这个时限是拉姆修行术里规定的。不过，至少你以另一种方式利用了比利牛斯山。"

　　我着实吃了一惊，以至于忘记了寒冷，还有那座小城。

　　"当你向着一个目标进发时，"佩特鲁斯说，"留心看路非常重要。道路总会把最佳的到达方式教给我们。我们走过它，它便丰富了我们。拿性关系打个比方，之前的爱抚决定了高潮的强度。这一点谁都知道。

"面对人生目标，也是同样的道理。目标实现得好与坏，取决于我们选择的道路和通过的方式。所以，拉姆修行术的第二项内容极其重要：我们要从平日司空见惯的事物中，发掘出视而不见的秘密。"

随后，佩特鲁斯教给了我速度灵操。

"如果是在城市，有很多日常事务要处理，这个灵操要在二十分钟内做完。但此时我们身处神奇的圣地亚哥之路，所以要做一个小时，来走到那座小城。"

一度忘却的寒冷又重新袭来，我绝望地看着佩特鲁斯。他没有理会我，只是站起身，拿上包。我们开始以一种令人绝望的速度走那两百米的路程。

一开始，我的眼睛只盯着那家小酒馆。那是一座古旧的二层小楼，门上挂着一块木牌匾。我们离它很近，甚至能看清上面写的建造年份：一六五二年。我们一直在动，但好像没离开过原地。佩特鲁斯以最慢的速度向前挪着步，我也如法炮制，还从包里掏出手表戴上。

"这样只会更糟。"佩特鲁斯说，"因为时间的快慢不是恒定的，它由我们决定。"

我一直在看表，觉得他说得没错，越是看表，时间过得

∽ 速度灵操 ∽

以正常行走一半的速度步行二十分钟，留意周围的所有细节、人物和景色。最佳练习时间为午餐后。

持续练习七天。

越慢。我决定听从他的劝告，把手表放进口袋。我努力观察平原的风景，感知脚下的石块，但还是止不住频频向酒馆方向张望——它让我确信我们仍待在原地。我想给自己讲几个故事，但灵操让我紧张，根本没法集中精神。最后我实在忍不住，又从兜里掏出表看，发现才刚刚过去十一分钟。

"别让这套灵操成为一种煎熬，它不是用来折磨人的。"佩特鲁斯说道，"试着从你不太习惯的速度中寻找出一丝快乐。换一种方式做那些习惯了的事情，就是让心中长出一个全新的自我。不过说到底，决定权属于你自己。"

最后那一句温和的话让我稍稍平静了些。既然由我自己决定，那我就该有所收获。我做着深呼吸，尽量不去多想。慢慢地，一种奇怪的感觉漫进心里，好像时间变得遥远，与我毫不相干。我越来越平静，开始用新的视角观察身边的事物，刚才紧张时无从发挥的想象力现在倒帮起我的忙来。看着眼前这座小城，我的脑中出现了一个关于它的建造历史的故事：过路的朝圣者饱尝了比利牛斯山的冷风，终于在这里找到了人烟、觅得了食宿，该是何等欢欣鼓舞。有一刻，我觉得自己看见了小城强大、神秘又智慧的一面。我想象这平原上处处都是身披铠甲的骑士，兵刃在阳光下闪闪发亮，战场上的厮杀声声入耳。这座小城不仅可以给我一杯葡萄酒暖身，一条毛毯御寒，还是一座历史丰碑，是英勇的人们抛下一切来荒漠深处繁衍生息的杰作。世界就在我身边，但我发现自己很少关注过它。

等我回过神来，已到了酒馆门前，佩特鲁斯正邀请我进去。

"我请你喝酒。"他说道，"今天早点睡，明天我要带你见一位伟大的魔法师。"

我睡得很沉，一夜无梦。阳光初现，沿着隆塞斯瓦勒斯小城仅有的两条街道蔓延开去时，佩特鲁斯敲响了我的房门。我们投宿在酒馆二楼，这里也兼做旅店生意。

喝了黑咖啡，吃过抹着黄油的面包，我们就出门了。浓雾渐渐升起来，我最初以为隆塞斯瓦勒斯是座小城，现在发觉并不尽然。在圣地亚哥朝圣之路的鼎盛年代，这里是附近实力最雄厚的修道院，影响力波及纳瓦拉①的边境地区。时至今日，它仍保留着以前的风貌，城里不多的几座建筑都曾是修道院的一部分。唯一的一栋世俗建筑物是我们过夜的那家酒馆。

我们在雾气中走进那座联合会教堂。教堂里，几个身披白袍的神父正在一起做清晨的首次弥撒。但那些祷文我一句也听不懂，因为他们用的是巴斯克语。佩特鲁斯在离他们最

---

① 曾是一个独立王国，上纳瓦拉于1515年并入西班牙，下纳瓦拉于1589年与法国合并。

远的一排长椅上坐下来，让我也坐到他身旁。

这座教堂气势恢宏，摆满了艺术品，件件都是无价之宝。佩特鲁斯小声对我说，它是由葡萄牙、西班牙、法国和德国的国王与王后捐资，在查理曼大帝选定的地址上建造的。圣坛上的隆塞斯瓦勒斯圣母像一身纯银，脸部由名贵的木材雕就，就连手中的花束也由宝石制成。焚香的芬芳，哥特式的建筑，白衣的神父，再加上一曲曲圣歌让我目眩神迷。这种感觉在进行"传统"仪式时也体会过。

"魔法师呢？"我想起佩特鲁斯头天下午说的话，问道。

佩特鲁斯对着一位中年神父点头示意了一下。神父身材瘦削，戴着眼镜，正和其他教士一起坐在圣坛边的长椅上。他既是魔法师又是神父。我盼着弥撒快点结束，但正像佩特鲁斯前一天说的，时间的快慢由我们自己决定，我的焦躁不安使这场弥撒仪式持续了一个多小时。

弥撒终于结束了，佩特鲁斯留我一人坐在长椅上，自己从神父离开的门走了出去。我又打量了会儿教堂，觉得该做个祷告，但我根本没法集中注意力。眼前的圣像似乎很遥远，尘封于难以追溯的往昔，如同圣地亚哥之路的黄金时代，已经一去不返。

佩特鲁斯出现在门口，他什么也没说，做了个手势让我跟他走。

我们走进修道院的内花园。石造的回廊中央是一座喷泉，那个戴眼镜的神父正坐在喷泉边，等待着我们。

"若尔迪神父，这就是那个朝圣者。"佩特鲁斯介绍道。

神父跟我握手时，我问候了他，之后就再没有人说话。我等着发生些什么，但只能听见远方传来的鸡鸣和雀鹰出巢猎食的动静。神父面无表情地看着我，正是我对洛尔德斯夫人说出"古语"时她瞧我的那种眼神。

终于，在漫长又尴尬的沉默之后，若尔迪神父开口了。

"亲爱的朋友，你取得'传统'中段位的时机似乎有些早了。"

我回答说自己三十六岁了，已经通过所有的神意裁判[①]。

"还差最后也是最重要的一项。"他仍然面无表情地盯着我，"不完成它，你之前学的一切都毫无意义。"

"我正是因此踏上圣地亚哥之路的。"

"但这什么也保证不了。跟我来，朋友。"

佩特鲁斯留在花园里，我跟着若尔迪神父穿过回廊，经过一位国王——强者桑乔[②]——的墓冢，最后在一座小教堂前停下来，此处与隆塞斯瓦勒斯修道院的主体建筑群相隔甚远。

教堂里几乎空无一物，只有一张桌子、一个本子和一把剑，

①神意裁判为多种验证仪式，不仅要看信徒是否虔诚，仪式中出现的预兆也会考虑在内。该词始于宗教法庭（宗教裁判所）时期。——原注
②即桑乔七世（1160–1234），纳瓦拉国王。

不是我的那把。

若尔迪神父在桌前坐下，我站在一旁。他拿起几片香叶点燃，空气里渐渐芬芳四溢。此情此景越发让我想起与洛尔德斯夫人的那次会面。

"首先，我要提醒你，"神父说道，"圣地亚哥之路仅是四条朝圣道路中的一条。它是'剑之路'，可以给你带来力量，但仅有它是不够的。"

"另外三条呢？"

"你至少知道其中两条：耶路撒冷之路，即'红桃之路'或'圣杯之路'，它会赐予你创造神迹的力量；还有一条是罗马之路，也叫'梅花之路'，它能让你与其他世界沟通。"

"还差一条'黄金之路'就能凑齐四种花色了。"①我打趣道。若尔迪神父也跟着笑了。

"的确如此。但那是一条隐秘之路，如果有一天你要去走，不会有任何人帮助你。我们先不谈这个了。你的扇贝壳在哪儿？"

我打开背包，拿出那尊有贝壳底座的圣母像。他把圣母像放在桌上，伸手触摸着贝壳，敛气凝神，叫我也这么做。香气越来越浓。神父和我都睁着眼睛，我忽然意识到在伊塔

---

①在葡萄牙语中，"剑（espada）"有纸牌"黑桃"之意，"黄金（ouro）"有纸牌"方片"之意。

蒂艾亚①见过的一幕正在重演：贝壳发出一道光，起先微弱，然后越来越强，一个神秘的声音从若尔迪神父的喉咙里发出。

"你的财宝在哪里，你的心也在那里。"②

这是《圣经》里的话。声音还在继续：

"你的心在那里，那里就是'基督再临'之源。正如这些贝壳，圣地亚哥之路的朝圣者只是生命的躯壳。打破它，才能现出博爱构成的生命。"

神父拿开了手，贝壳随即停止发光。他在桌上的本子里写下我的名字。整个朝圣之路上，我只在三个本子里见过自己的名字：洛尔德斯夫人的本子，若尔迪神父的本子，还有一个名叫"力量之书"的本子，日后我会亲自在上面写下自己的名字。

"好了。"神父说，"带上隆塞斯瓦勒斯圣母和圣地亚哥的祝福，你可以上路了。"

"整个西班牙境内的圣地亚哥之路都用黄色记号做了标记。"我们找佩特鲁斯的时候，神父告诉我，"一旦迷了路，就在树干、石头或路牌上找这些标志，准能找对方向。"

"我有一个很棒的向导。"

①巴西里约热内卢州的一座城市，该地有巴西第一座国家公园。
②《马太福音》6:21。

"但主要还得靠你自己。这样你就用不着花六天时间在比利牛斯山里兜圈子了。"

神父已经知道了这件事。

我们一起走到佩特鲁斯面前，就此道了别。从隆塞斯瓦勒斯出发时还是大清早，现在雾气已散，一条平坦笔直的大道在我们面前伸向远方，我开始留意若尔迪神父说的黄色记号。这会儿背包又重了些，因为我又在小酒馆买了一瓶酒，尽管佩特鲁斯认为没这个必要。他说足有上百座隆塞斯瓦勒斯这样的小城遍布沿途，露宿旷野的机会已经很少了。

"佩特鲁斯，若尔迪神父讲到'基督再临'，就像在说一件正在发生的事情似的。"

"的确，它无时无刻不在发生。这正是你那把剑的秘密。"

"还有，你说带我去见一位魔法师，结果我却见了一个神父。魔法和天主教有什么关系？"

佩特鲁斯的回答只有一个词：

"一切。"

残　忍

“就是在那里，爱被人谋杀了。”老农指着乱石间的一座小教堂说道。

我们连着赶了五天路，只有吃饭和睡觉的时候才停下。佩特鲁斯仍对自己的私人生活讳莫如深，倒常常问起巴西和我的工作。他说他很喜欢巴西，因为他最熟悉的就是科科瓦多山的救世基督像，耶稣双臂张开，并不是十字架上的受苦状。他什么都想知道，还不时问我巴西女人是不是也和这里的一样漂亮。白天酷热难耐，在我们走过的每一家酒吧、每一座城镇，都能听到人们抱怨这场旱灾。我们也不再在太阳最毒辣的两点到四点间赶路，而是入乡随俗，跟西班牙人一样午睡一会儿。

那天下午，我们正在一片橄榄园里休息，一位老农走上前来，请我们喝口酒。即使天气炎热，当地居民依然不改几百年延续下来的饮酒习俗。

"为什么爱在那里被杀了呢？"看到老农有意攀谈几句，我便问他。

"好几百年前，阿基坦①的菲利西亚公主走过圣地亚哥之路，从圣地亚哥返回时，她决定放弃一切，定居这里。她就是真爱的化身，把自己的财产都分给了穷人，还亲自照顾病人。"

佩特鲁斯又抽起他那气味可怕的卷烟了，尽管一脸漫不经心，但我知道，他也在留神倾听老人的讲述。

"于是，她的哥哥吉列尔莫公爵奉父亲之命带她回去，但菲利西亚拒不从命。气昏了头的公爵竟用匕首将她刺死在远处那座小教堂里。就是公主亲手建造的那座教堂，用来接济穷人和称颂上帝的。

"后来公爵幡然醒悟，自知有罪，前往罗马请求教皇的宽恕。教皇命他前往圣地亚哥朝圣，以此赎罪。一件奇怪的事情发生了。公爵返回时路过此地，竟产生了妹妹当年的念头，于是他住进了妹妹建造的教堂，接济穷人，终了余生。"

"这就是报应法则呀。"佩特鲁斯笑道。老农没接话茬，但我十分清楚佩特鲁斯在说什么。一路上，我们曾就上帝和人类的关系问题展开漫长的神学讨论。我争辩说，在"传统"教义中，人与上帝总有某种牵连，但通达上帝的途径却与我

①法国西南部大区。

们脚下的圣地亚哥之路大相径庭——那里没有兼作神父的魔法师、魔鬼附身的吉卜赛人和能行神迹的圣人。在我看来，所有这一切都太过原始，与基督教的联系太过紧密，也不像"传统"仪式那样能令我沉浸和痴迷。佩特鲁斯却说任何人都可以踏上圣地亚哥之路，只有这样一条路才能通向上帝。

"你认为上帝存在，我也这么认为。"佩特鲁斯说，"所以说，上帝为我们而存在。如果有人不信，他就不存在，但不信之人并非错在这里。"

"这么说来，上帝的存在取决于人的愿望与能力喽？"

"我曾有一位朋友，整天喝得醉醺醺的，但每晚都会念三声'万福马利亚'，因为从小他母亲就叫他这么做。即便回家时已烂醉如泥，即便心里不信上帝，他仍会道三声'万福马利亚'。他死后，在一次'传统'仪式上，我问先人的灵魂，他现在在何处。先人的灵魂回答我说他很好，荣光环绕。虽然一生中并没有信仰，但他的作为拯救了他，尽管那只是被迫机械地念三声'万福马利亚'。

"上帝早先现身我们祖先的洞穴和当时的雷电之中，后来人们发现雷电不过是自然现象后，他又化为飞禽走兽，转入神圣的丛林。有一段时期，他只存在于古代几座大城市的地下墓穴中。但他自始至终都以爱的形式流淌于人心。

"如今，有些人认为上帝只是一个概念，这几乎能被科学证明。但到了这一步，历史可以说是绕了个圈，一切又重新开始。这就是报应法则。若尔迪神父引用了耶稣的话说，'你的宝藏在哪里，你的心也在那里'，指的正是这个。你想在哪里见到上帝的真容，就能在那里见到。如果不想见他，那也无妨，积德行善即可。阿基坦的菲利西亚建造教堂、接济穷人时，不会想到梵蒂冈，只是以一种更原始也更智慧的方式荣显上帝，那就是通过爱。从这点来讲，农夫说爱被杀死了一点都没错。"

不过，那老农却很不自在，显然没听懂我们的谈话。

"她的兄长不得不继续她未竟的善举，这正是报应法则的效力。人什么都可以做，唯独不能打断爱的表露。如果它被打断，破坏者便成了重建者。"

我解释说在我的国家，报应法则是指残疾或患病之人为前世的罪过而受罚。

"一派胡言。"佩特鲁斯说道，"上帝不是复仇，而是爱。上帝唯一的责罚，就是让破坏了爱的人继续完成它。"

农夫告辞说时候不早了，他要回去干活。佩特鲁斯则借机称我们也该上路了。

"不谈这个了。"我们走出橄榄园时，他说道，"上帝存于我们身边的一切事物中，你可以预感到他，体验到他，而我把他转化成一个逻辑问题是为了便于你理解。继续你的慢走训练，你会越来越了解上帝的存在。"

两天后，一座名叫"宽赦峰"的山峰耸立在我们面前。爬了好几个小时，我们终于登上了山顶，眼前的景象却令我大吃一惊：一群游客将汽车音响调到最大，一边晒太阳一边喝着啤酒。他们是从近旁的一条公路开上山顶的。

"这很正常呀。"佩特鲁斯说，"难道你还指望碰见熙德[①]手下的士兵在这儿放哨，提防摩尔人入侵吗？"

下山途中，我最后一次练习了速度灵操。眼前是一片宽阔的平原，四周山峦迭起，地上趴着焦枯的匍匐植物。树木近乎绝迹，沙砾遍地，荆棘丛生。灵操快结束时，佩特鲁斯还问了些有关我工作的事，这时我才发现自己很久没想过它们了。当初那些对生意和未能完成的工作的担忧，都已经不复存在。我只在晚上才想起，但即便想起，也没有那么在乎了。我很高兴来到这里，走过圣地亚哥之路。

听完了我现在的感受，佩特鲁斯开玩笑说："你随时都可能做出菲利西亚公主做的那些事来。"然后，他停下脚步，让我把包放在地上。

"看看周围，然后把目光凝聚在某一点上。"

①西班牙民族英雄。欧洲四大史诗之一《熙德之歌》的主人公。

我看见远处有一座教堂，便选了教堂的十字架做目标。

　　"凝视这一点，尽量把注意力集中在我说的话上。即便感到异样，也不要分神。我说什么你就做什么。"

　　我放松地站着，双眼凝视十字架。佩特鲁斯就站在我身后，一根手指压住我脖颈根部。

　　"你正在走的是一条'力量之路'，它只能让你受到获取力量的训练。一开始，这趟旅途对你来说是种折磨，因为你一心只想着到达。但现在，它渐渐变成了一种乐趣，寻求冒险的乐趣。你用这份乐趣滋养了一样至为重要的东西，那就是梦想。

　　"人永远不能停止梦想。梦想是心灵的养料，就像饭菜是身体的给养。人生路上，我们常常看见自己的梦想破碎了，渴望落空了，但我们仍然需要做梦，否则心灵就会枯死，博爱便无法渗入心田。眼前的这片原野曾血流成河，光复战争中最惨烈的几次战役都在此打响。谁师出有名，谁手握真理，这些都不重要，重要的是你知道双方都在打一场'善战'。

　　"因为心灵所需，才会有'善战'打响。在英雄时代和游侠骑士时代，这并不太难，因为有广袤的土地尚未征服，有太多的事情还没有去做。而如今世界的变化太大，'善战'已从战场转移到了我们的内心。

　　"'善战'以梦想之名而起。年少时，梦想在心中激扬迸发，势不可当，只是我们还没学会去战斗。经过一番努力，我们终于学会了战斗，却没有了拼搏的勇气。因此，我们转向自身，攻击自己，成了自己最大的敌人。我们会说自己最初的梦想太过幼稚、难以实现，还说这都是对现实缺乏认知的结果。我们扼杀了自己的梦想，因为害怕去打'善战'。"

佩特鲁斯的手指在我的脖颈上越压越重。我觉得教堂的十字架渐渐变了形，好似一个长着翅膀的人，一个天使。我眨了眨眼，十字架又恢复了原状。

"梦想被扼杀的第一个征候就是抱怨没有时间。"佩特鲁斯接着说道，"我这一生认识的最忙碌的人总有时间做任何事情。而那些无所事事的人倒神情疲惫，要做的事不多，却不认真做好，还常常抱怨白日短暂。其实他们是害怕投入'善战'。

"梦想被扼杀的第二个征候，是无论做什么都力求十拿九稳，因为我们不愿将人生看作一场伟大的冒险。我们向生活所求甚微，同时又自认为聪明、公平和正确。日常生活的墙垒外，我们能听见折戟之声，能闻到汗水和火药的气味，能目睹伟大的失败和战士眼中燃烧着的征服欲。但我们永远理解不了那种快乐，那种战斗者心中才拥有的无边快乐。成败与否并不重要，重要的是愿意为'善战'而拼杀。

"梦想被扼杀的第三个征候就是平和。人生变成了星期日的午后，没什么大事要做，能给予的不多，而所求的只会更少。

这时我们觉得自己成熟了，丢弃了儿时的幻想，只求安身立命，事业有成。如果同龄人中有谁还说自己想要这个想要那个，我们都会引以为奇，但事实上也都明白，自己不过是放弃了为梦想拼搏，不敢投身'善战'。"

十字架一直在变换形状，似乎真的成了一个张开翅膀的天使。我再怎么眨眼，天使都在那里。我很想告诉佩特鲁斯，但又感觉他的话还没说完。

"当我们拒绝梦想寻得了平和，"过了一会儿他又说，"会拥有短暂的安宁。但死去的梦想会在心中腐烂，并扰乱整个生活。我们变得残忍起来，起初是对身边的人，后来是对自己。疾病和精神问题开始出现。我们始终想躲过战斗中的沮丧与挫败，但到头来，这恰恰是怯懦唯一的遗产。然后，在某个阳光明媚的日子里，那死去和腐烂的梦想会使空气变得令人窒息，我们开始渴望死亡，渴望它把我们从所谓十拿九稳，从工作及星期日午后的可怕的平和中解救出来。"

现在我确信眼前出现的是一个天使，也已经无心倾听佩特鲁斯的话。他应该察觉到了这一点，从我颈上移开了手指，不再说话。那天使的影像维持了一会儿就消失了。教堂的十字架重新出现。

我们沉默了几分钟。佩特鲁斯卷了一根烟抽起来。我从包里掏出酒瓶喝了一口。酒有点热，但味道没变。

"你看到了什么？"佩特鲁斯问道。

我告诉他看见天使的始末。我说起先只要眨眨眼，天使就会消失。

"你也必须学会打'善战'。你已学会接受人生的挑战与冒险，但仍然想拒绝非凡之事。"

佩特鲁斯从包里掏出一个小玩意儿递给我，是一枚金别针。

"这是祖父送给我的礼物。在拉姆教团里，所有的先人都有这样一件物品，我们称它为'残忍之针'。看见十字架上出现天使时，你想否定它的存在，因为那不是你习以为常的事物。在你的世界观里，教堂就是教堂，只有在'传统'仪式激发的沉迷状态下，才会产生幻觉。"

我说自己的这种幻觉应该是他手指的重压造成的。

"的确如此，但这并不能说明什么。事实是你拒绝幻象。阿基坦的菲利西亚应该是看见了类似的情景，便押上了自己的一生，结果她的一切都化作了爱。她的哥哥或许也一样。其实同样的事情每天都在世界各地发生，我们总能看见最佳途径，却只走自己熟悉的那一条。"

佩特鲁斯重新上路，我跟在他后面，手中的别针在阳光的照耀下金光闪闪。

"拯救梦想唯一的办法就是对自己大度些。任何自我惩罚的尝试——哪怕再小，都应该防微杜渐。为了记住对自己残忍的时刻，我们要将一切精神痛苦的苗头，比如自责、悔恨、犹豫、怯懦等，转化为肉体之痛。只有这样，才会明白精神痛苦的危害。"

随后佩特鲁斯教了我残忍灵操。

"过去，练习这套灵操用的是金别针。"他说道，"现在变了，就像圣地亚哥之路上的风景在变一样。"

此话不假。从这里向上看去，整个平原又像是绵延的群山在我面前起伏。

"想想今天对自己做了什么残忍的事，然后再练习这套灵操。"

我什么也想不起来。

"向来如此。人们总是在少有的需要对自己严厉的时刻宽宏大度起来。"

我忽然想起来，当看到那群游客轻轻松松开车上了"宽赦峰"，我却千辛万苦地爬上去时，真觉得自己是个白痴。我知道我不是白痴，只是对自己残忍了点。那些游客需要的是阳光，而我寻求的是我的剑。虽然感觉自己是个白痴，但事实上我并不是。我开始用食指指甲使劲掐大拇指的指甲根。疼痛随之而来，而当我专注于这疼痛时，那种认为自己是白

〰 残忍灵操 〰

每当有一个对自己不利的想法从脑中闪过，比如妒火中烧、自艾自怜、为情所困、艳羡他人或心怀仇恨，请按以下方法去做：

用食指指甲掐大拇指的指甲根，直至感觉极为疼痛。把注意力集中在疼痛上，这正是你的精神痛苦在肉体上的反映。只有当想法从脑中消失，才能松开手指。

必要时反复练习，可以连续进行，直到不利的想法罢休为止。

只要不利的想法一回来，就用力掐指甲，它复苏的间歇会越来越长，最终将完全消失。

痴的想法消失了。

我把这些告诉了佩特鲁斯，他只是笑了笑，什么也没说。

晚上，我们投宿在一家环境舒适的旅馆，和白天从远处看到的那座教堂在同一座城内。吃过晚饭，我们决定沿着马路散散步，以助消化。

"在人类所有自我伤害的方式中，最坏的一种就是爱。我们总是为情所困，有人不爱我们，有人抛弃我们，有人不愿离开我们。若是单身，是因为没有人爱我们。若是结了婚，我们又把婚姻变成了奴役。这多么可怕！"佩特鲁斯没好气地说道。

我们走到一片小广场前，白天看见的教堂坐落于此。教堂不大，也没有什么繁杂的雕饰。钟楼高耸，直指苍穹。我努力想再次看见天使，却没能成功。

佩特鲁斯看着上面的十字架。我以为他看见了天使，但显然他没有。因为过了一会儿，他开始同我讲话。

"天父的圣子降临人间时，带来了爱。但是人类只理解带来痛苦和牺牲的爱，所以他最终被钉死在了十字架上。若非如此，没有人会相信他的爱，人们已经习惯了为自己的情感日夜煎熬。"

我们在路边坐下，依然望着教堂。又是佩特鲁斯打破了沉默。

"保罗，你知道巴拉巴①是什么意思吗？'巴'是'儿子'的意思，'拉巴'表示'父亲'。"

他盯着钟楼上的十字架，眼里闪烁着光芒。我感觉有某种东西正占据着他的身心，或许是他一直在谈的"爱"，但我不确定。

"天国荣耀光辉，其用意是何等的智慧！"佩特鲁斯说道，声音在空旷的广场上回荡，"彼拉多让众人做出选择时，并没有给他们选择。一个饱受鞭笞、遍体鳞伤，另一个则高昂着头。上帝知道，民众会让那更弱的人赴死，以证明他的爱。"

他最后说道：

"不过，无论人们如何选择，最终，都会是圣父之子被钉在十字架上。"

---

① 《新约》中记载的一名强盗。执行官彼拉多按例要在逾越节释放一名囚犯，他将巴拉巴与耶稣一同带到犹太人前，询问众人该释放哪一位。在祭司长和长老的挑唆下，大家要求释放巴拉巴，判处耶稣死刑。

信　使

"在这里，所有的圣地亚哥之路都汇为一条。"

我们抵达蓬特韦德拉时是一个大清早。这句话写在一尊塑像的底座上。是一尊中世纪装束的朝圣者塑像，头戴三角帽，身披斗篷，佩戴着扇贝壳，手执牧羊棍，棍上还系着葫芦。这让人们忆起那段渐渐远去的英雄史诗般的征程，我和佩特鲁斯正在重温。

前一夜，我们投宿在一家修道院。前往圣地亚哥的路上，这样的修道院还有很多。门房里的修士接待了我们，并告诫道：院墙内不能有只言片语的交谈。一位年轻的修士将我们带到各自的卧房，屋内的陈设仅限于生活必备品：一张硬板床、旧却干净的被单、一个水壶和一个洗漱用的盆。这里既没有水管，也没有热水，开饭的时间写在门后面。

到了指定的时间，我们便下楼去餐厅。因为誓守静默，修士们只用眼神交流，我感觉他们的双眼比普通人的更加明亮。晚饭吃得很早，身着褐色袍子的修士和我们一起在长桌前坐下。佩特鲁斯坐在位子上朝我做了个手势，我清楚他的意思：他很想抽支烟，但接下来的一整夜他都无法如愿以偿了。其实我也一样，于是我猛掐大拇指的指甲根，直到里面的嫩肉都快露了出来。此时此刻庄严而美好，不容我对自己有半分残忍。

晚饭上桌了，是蔬菜汤、面包、鱼和酒。修士们齐声祷告，我们也跟着祈祷。之后，就在吃饭的时候，一位讲经的修士用单调的声音念了几段保罗书信[①]。

"神却拣选了世上愚拙的，叫有智慧的羞愧；又拣选了世上软弱的，叫那强壮的羞愧。"他声音尖细，少有起伏，"我们为基督的缘故算是愚拙的。直到如今，人们还把我们看作世界上的污秽，万物中的渣滓。因为，神的国不在乎言语，乃在乎权能。"[②]

这顿晚餐中，保罗对哥林多城人的谆谆告诫一直回响在餐厅光秃秃的墙壁间。

我们进了蓬特韦德拉城，一边谈论着昨晚的那些修士。

[①] 使徒保罗写给各地教会的回信，解释了许多有关基督教教义的疑难问题。
[②]《哥林多前书》1:27，4:10，4:3，4:20。

我向佩特鲁斯坦白，昨天我偷偷在房间里抽烟了，还害怕得要死，担心有人闻到烟味。他笑了笑，我立刻就明白了，原来他也抽了。

"施洗约翰①去了旷野荒漠，而耶稣却走向了罪人，并游历四方。"他说道，"我更喜欢这样。"

事实上，除了待在荒漠里的时光，耶稣的一生都是与他人共度的。

"实际上，他的第一个神迹既不是拯救人的灵魂，也不是治愈病人或是驱赶魔鬼，而是在一场婚宴上将水化为美酒，因为当时主人家的酒已经喝完了。"

话音刚落，他就停下了脚步。他停得太突然，连我也吓得止步不前。我们面前是一座桥，城名便是桥的名字。然而，佩特鲁斯却望着前方的必经之路，目光紧盯着两个正在河边玩皮球的小男孩。两个孩子大概有八九岁，似乎都没注意到我们。佩特鲁斯没有过桥，而是步下河岸，走到他们身旁。和往常一样，我什么也不问便跟着他走过去了。

两个孩子还是没发现我们。佩特鲁斯坐在地上，一直看着他们玩球，直到皮球滚到了他身边。他迅速捡起球扔给我。

我把球举在半空中，等着接下来发生点什么。

①据《圣经》记载，施洗约翰是耶稣的表兄，在耶稣开始传福音之前便劝勉犹太人悔改，他曾为耶稣施洗。

那个看上去大一点的男孩走上前来。我的第一反应是把球还给他，但佩特鲁斯的离奇举止让我决定先弄清楚是怎么一回事。

"先生，把球给我。"男孩说道。

他离我两米远，我打量着他弱小的身躯，却发现这孩子有什么地方让我感觉很熟悉。这种感觉和遇到那个吉卜赛人时一样。

小男孩又央求了几回，见我不搭理他，便弯下身捡起了一块石头。

"把球给我，不然我就拿石头砸你。"他说。

佩特鲁斯和另一个男孩在旁边默默地看着。这孩子的不逊之言激怒了我。

"砸吧。"我回答说，"如果砸到我，我就揍你。"

佩特鲁斯似乎松了一口气。有什么在我心底蠢蠢欲动，我分明感到自己经历过这一幕。

小男孩被我的话吓了一跳。他扔掉石头，想换个方法试试。

"蓬特韦德拉有一个圣骨盒，以前在一个富有的朝圣者手上。从你们的贝壳和背包来看，两位应该也是朝圣者。如果您把球还给我，我就把圣骨盒给您。它就藏在河岸这边的沙子里。"

"我想要这个球。"我没什么底气地说道。其实，我想要的是那个圣骨盒，小男孩也像是在说真话。但是，也许佩特鲁斯要这个球自有用处，我不能让他失望，毕竟他是我的向导。

"先生，您并不需要这个球。"小男孩的眼泪都快掉下来了，"您身强力壮、见多识广，而我只熟悉河岸这一带，唯一的玩具就是这个球了。把球还给我吧，求求您了。"

小男孩的话深深触动了我的内心。但说不出是陌生还是熟悉，我觉得自己在哪儿看到或碰到过这场面，这使我再一次拒绝了他。

"不，我需要这个球。我可以给你钱去再买一个，买个更漂亮的。但这个归我了。"

我刚说完，时间仿佛停住了。这回不用佩特鲁斯把手指按在我脖颈上，周围的景物就变了形。刹那间，我们似乎移步一片遥远而恐怖的灰色沙漠。佩特鲁斯和另一个孩子不见了，只有我和面前的这个小男孩。他更年长些，和善又友好，但眼里闪烁的东西让我生畏。

这种幻觉持续了不到一秒。紧接着，我又回到了蓬特韦德拉，各条朝圣道路聚合的地方。我的面前，一个小男孩正向我要回皮球，眼神温和又带着些忧伤。

佩特鲁斯走了过来，从我手中拿走球，还给了男孩。

"你说的圣骨盒在哪里？"我问那孩子。

"什么圣骨盒？"小男孩边说边抓起同伴的手向远处跑，

随后跳进了水里。

我们回到上面，穿过了拱桥。关于刚才的事情，我问了佩特鲁斯很多，还告诉了他那场沙漠里的幻觉，他却岔开话题，说我们走远一点再谈这个。

半小时后，我们来到一处路面上仍留有当年罗马人车辙的路段。这儿也有一座桥，不过已成废墟。我们坐了下来，吃着修士们送的早餐——黑麦面包、酸奶和羊奶酪。

"你为什么想要那个男孩的球？"佩特鲁斯问道。

我回答说自己并不想要球，那样做是因为他举止怪异在先，好像那个球对他而言非常重要。

"的确很重要。正是它让你与自己的魔鬼交锋得胜。"

我自己的魔鬼？这一路上，我还从未听说过如此荒唐的事情。尽管我在比利牛斯山里来来回回绕了六天，见到了一个没行过半点法术的神父兼魔法师，手指上还露着嫩肉，因为一旦对自己生出残忍的想法，比如忧郁、负罪、自卑，我就必须用指甲掐那里——虽然佩特鲁斯所言不虚，这样做之后负面想法确实大为减少，但我还从未听说过什么"自己的魔鬼"，也不想只是一知半解。

"今天过桥之前，我强烈地感觉到有人要来告诫我们些什么，但这种告诫更多的是针对你而不是我。一场战斗迫在眉睫，你得去打这场'善战'。

"如果你不认识自己的魔鬼，它就会显现在最靠近你的人身上。当时我环顾四周，只见到那两个正在玩耍的孩子。我推断，你的魔鬼应该会在那里。不过我那是推测，直到你拒绝还球，我才确定刚才的推断是正确的。"

我说我以为是他想要那个球，所以才那么做。

"为什么？我自始至终什么也没说呀。"

我感到有点头晕，大概是空腹走了一个小时后又狼吞虎咽的缘故。而且与小男孩似曾相识的感觉仍在我脑中，挥之不去。

"你自己的魔鬼会以三种典型方式来试探你：威胁、许诺和示弱。祝贺你，你勇敢地拒绝了。"

我这才想起男孩曾说过圣骨盒的事。当时我以为他是在骗我。但也许真有一个圣骨盒，因为魔鬼从不会空许诺言。

"小男孩记不起圣骨盒的事，是因为你自己的魔鬼已离他而去。"他的眼睛眨都不眨，"该叫它回来了。你会需要它的。"

我们坐在废弃的古桥上。佩特鲁斯小心翼翼地收拾着剩下的食物，把它们全都塞进了修士给的纸袋里。眼前这片田野上，农夫们正准备下田耕种，由于相距太远，我听不见他们在说什么。高低起伏的地势使得一块块农田在这风景中构成了神秘的图案。我们脚下的河流因旱灾几近干涸，已经听不见什么水声了。

"在周游世界之前，基督曾去荒漠中与自己的魔鬼谈话。"佩特鲁斯开口道，"他学到了关于人类的必要知识，却没有听任魔鬼制定游戏规则。正是这样，他才战胜了魔鬼。

"有位诗人曾经说过，没有谁是一座孤岛。投身'善战'时，我们都需要他人的帮助。我们需要朋友，而当朋友不在身边时，就不得不把孤独化作最重要的武器。我们需要用身边的一切来帮助自己迈向目标。一切都要体现我们赢得'善战'的意志。如果做不到这一点，如果不能明白个人需要集体、需要一切，我们便会成为傲慢的战士，最终被自己的骄傲击败。因为我们太相信自己，无法看清战场上的重重陷阱。"

这种战士与战斗的比喻让我再次想起了卡洛斯·卡斯塔尼达笔下的唐望。我在心中自问，那个印第安老巫师是否也常常在早晨不等他的门徒消化早餐就开始上课。佩特鲁斯却接着说了下去。

"除了给我们帮助的物质力量，一般来说，还有两种精神力量伴随我们左右：一个是天使，一个是魔鬼。天使会永远保护我们，它是天赐的神恩，所以不需要祈求于它。如果你以美好的眼光观察这个世界，你就永远能看见天使的面容。它就是这条小溪，田野里的这些农夫，头顶这片蔚蓝的天空。无名的罗马士兵用双手建起这座古桥，如今它助我们过河，那么它的身上也有了天使的面容。我们的祖辈称它为守护天使、保护神或守护神。

"魔鬼也是天使，只是它拥有自由而叛逆的力量。我更愿意称它'信使'，因为它是你与世界间的主要纽带。在上古时代，它的代表是众神的使者墨丘利或赫尔墨斯[①]，而且只在物质世界中施展身手。它附身于教堂的金器，因为金来自土，而土正是它的疆域。它还显现在我们的日常工作与理财方式中。如果给它自由，它会自行消散；若是赶走它，我们会错失一切有益的指教，因为它非常了解这个世界和人类；如果执迷于它的力量，它便会掌控我们，阻止我们投身'善战'。

"因此，与信使唯一的相处方式，便是接受它做我们的朋友。必要时，我们得听取意见，寻求它的帮助，但绝不能任它制定规则，就像你对待那个男孩一样。为此，你必须首先弄清自己想要什么，然后记住它的面孔，认出它的名字。"

"怎样才能知道这些呢？"我问道。

佩特鲁斯教了我信使仪式。

"晚上再做吧，那会儿练习会容易些。在你们的第一次会面中，它会告诉你它的名字。这个名字要保密，绝不能让任何人知道，包括我。谁知道了你信使的名字，谁就能毁掉你。"

佩特鲁斯站起来，我们继续上路。没走多久，就来到了

[①]赫尔墨斯，希腊奥林匹斯十二主神之一，罗马名字为墨丘利。

信使仪式

1）坐下来，放松。任凭思绪驰骋，流动自如。片刻之后，反复对自己说："现在我已放松，闭眼深深睡去。"

2）感到心神宁静时，想象右边燃起一根火柱。让火焰熊熊燃烧，然后低声道："我命令潜意识显现，向我敞开门扉，揭示神奇的秘密。"注意力只能聚集在火柱上。其间若有影像出现，便是你的潜意识，努力留住它。

3）继续想象火柱，同时想象左边也有一根。待火焰够旺，低语："愿那羔羊①的力量显于天地万物、世间众生，当我召唤信使时也要显于我身。（信使之名）立刻显现吧！"

4）信使将出现在两柱之间。与信使交谈，讨论你个人的困境，听取它的建议，并下达必要的指令。

5）谈话结束，送别信使："感谢羔羊为我所施奇迹。愿（信使之名）召之即来，即便远离，亦能助我成事。"

第一次或最初几次召唤信使时——视施行者的专注力而定——不要说出信使的名字，只以"他"来称呼。如果仪式进行顺利，信使应会通过心灵感应报上名来。如果不顺利，就坚持下去，直到知道对方的名字为止，再开始交谈。仪式练习的次数越多，信使显现得就越频繁，行动也越敏捷。

---

①代指耶稣。

田边，农夫们仍在地里耕作。我们用西班牙语和他们互道早安后，便接着赶路了。

"如果非要打个比方，那么天使就好比你的铠甲，信使则是你的剑。任何情况下，铠甲都会保护你，但剑可能会在战斗中脱手，可能杀死你的朋友，也可能反戈一击。一把剑可以用来做任何事，除了不能坐在上面。"佩特鲁斯说罢，朗声大笑起来。

我们在一个村子里停下歇脚，吃午饭。服务生是个小伙子，看上去心情不大好。我们问他问题，他全都不理，将菜随随便便那么一放，甚至还把一些咖啡泼在了佩特鲁斯的短裤上。我的向导忽然变了脸色，他大发雷霆，叫来了餐馆老板，怒斥小伙子缺乏教养。最后，佩特鲁斯到洗手间换上备用的裤子，老板则帮他洗去咖啡污渍，然后晾起来晒干。

午后两点的阳光执行着晒干短裤的使命，在等待的时间，我开始回想上午的整场谈话。我得承认，佩特鲁斯关于那个男孩的说法大多言之有理。不仅如此，我还出现了幻觉，看到一片荒漠和一张面孔。但我仍觉得有些太原始了。我们正身处二十世纪，对任何一个受过些教育的人来说，地狱、罪孽、魔鬼这样的概念早已毫无意义。我习从"传统"教义已久，比受教于圣地亚哥之路的时间要长很多。在"传统"教义中，魔鬼也被叫作信使，但不含任何偏见，它只是一个精灵，掌控着世间诸般力量，并永远帮助人类。在施行魔法时，它常常能派上用场，但绝不会被当作盟友和日常事务的顾问。佩特鲁斯想让我明白，我可以利用与信使的友谊来促进工作，并改善为人处世之道。这种想法不仅世俗，而且幼稚。

但我已对洛尔德斯夫人发誓要绝对服从向导，于是再一次用指甲掐拇指根部，掐在那露出的嫩肉上。

"我不应该发火的。"出门后，佩特鲁斯说道，"归根结底，他并不是要把咖啡泼到我身上，而是泼向这个他仇恨的世界。他知道，外面有一个无比广阔的世界，大到远远超过他的想象。而他的参与不过是清晨早早来到面包店，招呼来往的客人，到了晚上，一边幻想着那些高不可攀的女人，一边自慰。"

我们该停下来午休了，但佩特鲁斯决定继续赶路。他说这是为自己的不宽容而忏悔。我没有犯错，却只能跟着他在烈日下前行。我想到了"善战"，想到此时此刻在这个星球上，有千百万人正做着自己不喜欢的事情。尽管手指都露出了嫩肉，但残忍灵操对我还是颇有用处的，它让我看到自己的心智会如何背叛我，如何把我推向己所不欲的境地，推进百无一用的情绪中。现在，我倒希望佩特鲁斯是对的。我希望真的存在一位信使，可以与它谈论实际生活，向它求助世间百事。

我开始焦虑不安，期盼夜色快快降临。

然而，佩特鲁斯还在不停地谈论那个小伙子。终于，他相信自己并没有做错，并为此又一次援引了基督教的论据。

"耶稣宽恕了通奸的妇人，却诅咒不给他果实的无花果树。而我来这儿也不是为了永远当个好人。"

行了。在他心中，这个问题总算是解决了。《圣经》再一次救了他。

我们将近夜里九点才到达埃斯特利亚。我洗了个澡，然后下楼吃饭。据第一本《圣雅各之路指南》的作者阿梅里克·庇古的描述，埃斯特利亚是一个"土壤肥沃之地，面包喷香，酒酿甘醇，不乏鱼肉珍馐。埃加河①流经此地，甘甜澄净，水质上乘"。我没有喝那河里的水，但说到美食，即便八百年过去，庇古所言依然不虚。晚餐我们吃了炖羊肉、洋蓟花心，还佐有一瓶上好年头酿造的里奥哈葡萄酒。我们在餐桌旁坐了很久，边品酒边谈论些寻常琐事。最后，佩特鲁斯说，我首次见信使的时候到了。

我们起身离开，在小城的街道上漫步。像威尼斯一样，城中有些小巷直通向河道。我走进一条这样的巷子，坐了下来。佩特鲁斯知道，从此刻开始将由我来主导这场仪式，于是他

———————————
①伊比利亚半岛第二长河埃布罗河的支流，流经西班牙北部。

在离我稍远处站定。

我盯着埃加河看了很久。它的水流声渐渐让我游离于尘世之外，心中一片深深的宁静。我闭上眼，开始想象那第一根火柱。冥想一度陷入困境，但火柱最终还是出现了。

我念出咒语，接着第二道火柱出现在左边。熊熊火光映照的两柱之间空无一物。我凝视这片空间许久，尽力做到心无杂念，好让信使快快现身。但是没有信使，倒是出现了些异域奇景——一座金字塔的入口，一位身裹纯金衣装的女人，还有一群正围着篝火跳舞的黑人。这些画面接连闪现，令我目不暇接，只能任其匆匆掠过。之前和佩特鲁斯并肩走过的路也纷纷浮现在我眼前。风景、餐馆和丛林，最后我上午见过的那片灰色沙漠毫无征兆地铺展在两柱之间。在那儿，有个男子正望着我，虽然面庞和善，眼中却闪烁着狡猾与不忠。

他笑了笑，恍惚间，我也开始微笑。他给我看一个封闭的口袋，然后自己打开袋口朝里面看看，可从我的位置什么也看不到。此时，一个名字出现在我脑海中：阿斯特赖恩[①]。我开始在脑中拼写这个名字，然后把它放在火柱之间来回晃动，直到信使肯定地朝我点点头。我终于知道了他的名字。

仪式该结束了。我念了咒语，熄灭了两根火柱，先是左

_____

①此处为化名。——原注

边的，然后是右边的。睁开眼，埃加河正在我面前淙淙流淌。

我把火柱之间的景象讲给佩特鲁斯听，然后对他说："比我想象的要容易多了。"

"这是你们的初次会面，一次彼此相认、互建友谊的会面。如果你每天都召唤他，和他讨论自己的问题，辨明什么是真正的帮助，什么是暗藏的陷阱，那么谈话会让你受益良多。但每次见他，都要时刻准备拔剑而起。"

"可是，我还没有找到自己的剑。"我回道。

"所以说，他不会给你造成多大的伤害。不过，你最好还是提防着点。"[1]

仪式结束了，我同佩特鲁斯道了别，回到旅馆。躺下后，我一直想着午饭时那个可怜的服务生。我真想回到餐馆教给他信使仪式，并且告诉他只要他愿意，一切都可以改变。不过，拯救世界的企图只会是徒劳的，我连自己都没能拯救。

---

[1]此处对信使仪式的记述并不完整。事实上，佩特鲁斯向我解释了那些幻觉，并告诉了我阿斯特赖恩的口袋是何意义。但是，与信使会面的情形因人而异，如果过多强调我的个人经历，恐怕会给他人的体验带来消极影响。——原注

爱

"与信使交谈并不是要不停追问灵魂世界的事情。"第二天的时候，佩特鲁斯对我说，"信使只有一个作用，那就是在物质世界里帮助你。而且，只有你真正了解自己想要什么，他才会给你提供帮助。"

我们在一座村子里歇脚，喝点东西。佩特鲁斯点了杯啤酒，我要了杯汽水。杯子放在塑料圆盘上，盘底的水看起来像是彩色的。我用手指在水上画着抽象的图案，满心忧虑。

"你说过，信使在小男孩身上显现，是因为他有话要对我说。"

"而且还很紧急。"他肯定地说。

我们继续聊着信使、天使和魔鬼的话题。"传统"中这些神秘的存在，在这里竟然变得如此实用，这对我来说很难接受。佩特鲁斯坚持认为我们总得追求回报，但我也提醒他，耶稣曾说过富人不能升入天国。

"但那让主人的财产得到增值的仆人，却也得到了耶稣的认可。①此外，人们不会仅仅因为耶稣能说会道就相信他，他还需要施展神迹，并给追随者回报。"

"在我店里，谁都不能说耶稣的坏话。"酒馆老板忽然打断了我们，他一直在听我们谈话。

"没有人在说耶稣的坏话。"佩特鲁斯答道，"一边求耶稣保佑一边犯下罪过，那才是说耶稣的坏话。在那片广场上，你们就曾经做过这样的事。"

酒馆老板迟疑了片刻，接着答道：

"那事和我无关。当时我还是个孩子。"

"有错的永远是别人。"佩特鲁斯嘟囔道。酒馆老板从厨房的门出去了，我便问佩特鲁斯他们刚才说的是什么。

"五十年前，一个吉卜赛人曾在这里被活活烧死，被控的罪名是施行巫术和亵渎圣餐。当时西班牙内战正打得惨烈，这件事也就在四起的硝烟中湮没了。今天，除了这座城中的居民，没有人知道。"

"佩特鲁斯，那你是怎么知道的？"

"因为我已经走过圣地亚哥之路了。"

酒馆里空荡荡的，我们继续喝着酒。外面烈日当空，正

① 《马太福音》25∶14－30 和《路加福音》19∶11－27 中均有记述。

是午休时间。不一会儿，酒馆老板带着村里的神父回来了。

"你们是什么人？"神父上前问道。

佩特鲁斯给他看了看背包上的扇贝壳。整整一千两百年的时间，不知有多少朝圣者从酒馆门前的路上走过。按照传统，无论任何情况，朝圣者都应获得尊重，受到礼遇。神父立刻改变了语气。

"圣地亚哥之路的朝圣者怎么能说耶稣的坏话呢？"他以讲道的口吻问道。

"这里没人说耶稣不好。我们谈论的是以耶稣之名犯下的罪行。比如，吉卜赛人在广场上被活活烧死。"

看见佩特鲁斯背包上的扇贝壳，酒馆老板也变了腔调，语气中多了几分敬意。

"吉卜赛人的诅咒至今依然存在。"老板说道。神父却向他投去责备的目光。

佩特鲁斯想要问个究竟。但神父说那是民间传说，教会对此并不认可。酒馆老板却接话道：

"吉卜赛人临死前说，他身上的魔鬼会附身于村里最小的孩子。等这个孩子离世，魔鬼再去找另一个小孩。如此世代延续下去。"

"这片土地与周边的村庄并无二致。"神父说道，"邻村受旱时，我们也受旱。邻村风调雨顺、收成喜人时，我们这儿也仓廪丰实。别处没发生的事情，这儿也不会发生。这个故事纯属子虚乌有。"

"那是因为我们隔离了受诅咒者。"酒馆老板说道。

"既然如此，我们就去看看吧。"佩特鲁斯答道。神父笑了笑说，很多人都曾提出这个要求，老板则在胸前画了个十字。但两个人谁也没动。

佩特鲁斯结了账，执意让他们带我们去看看受诅咒者。神父说自己刚才中断了很重要的工作，现在得回教堂了。我们还没来得及说什么，他就走了。

酒馆老板看着佩特鲁斯，眼中有几分恐惧。

"放心。"我的向导说道，"只要让我看看他住的房子就行。我们会尽力让这里摆脱诅咒的。"

老板陪我们走了出去，午后的烈日照耀着道路，路面上满是尘土。我们一同走到村口，老板指了指远处的房子，那房子孤零零地立在路边。

"我们一直给那儿送饭菜送衣服，需要什么就送什么。"老板说，"但是，就连神父都没进去过。"

我们同他道了别，便向房子走去。酒馆老板仍在那儿等着，或许认为我们会过门而不入。但佩特鲁斯径直上前，在门上敲了几下。我再回头看时，酒馆老板已不见踪影。

一个七十岁左右的老妇人来给我们开门。她旁边立着一只黑色大狗，正不停地摇着尾巴，看上去在为家中来了客人高兴。那老妇人问我们有什么事，说自己很忙，正洗着衣服，炉子上还有菜要烧。她对我们的到来好像并不感到吃惊。我猜，大概很多从未听说过什么诅咒的朝圣者都来这儿敲过门，寻求食宿。

"我们是去圣地亚哥的朝圣者，想要一点热水。"佩特鲁斯说道，"我想太太您一定不会拒绝。"

老妇人不太情愿地开了门。我们走进一间小客厅，那儿打扫得极干净，只是陈设颇为简陋，有一个罩子都磨破了的沙发，一个餐具橱，还有一张胶木面的桌子和两把椅子。餐具橱上有一尊圣心耶稣像、玻璃制的耶稣受难像，还有几个圣徒像。有两扇门对着这个小客厅，从其中一扇里能看见卧室，另一扇则通向厨房，那妇人领着佩特鲁斯走了进去。

"我这儿有刚烧开的水。"她说道，"我给你们拿个罐子，盛了水你们就走吧。"

我和那只大狗单独待在客厅里。狗得意地摇着尾巴，样子很温顺。没过多久，老妇人走了出来，将一个很旧的罐子递给旁边的佩特鲁斯，里面装满了热水。

"好了，带着上帝的祝福出发吧。"

但佩特鲁斯没有走。他从背包里掏出个小茶包，泡在罐子里，说是想和她一起分享，以感谢她的款待。

那老妇人满脸不悦地拿来两只茶杯，在桌边同佩特鲁斯一道坐下。我继续盯着那只狗，一边听他们俩说话。

"我听村里人说，这座房子受过诅咒。"佩特鲁斯用平常的口吻说道。我发觉那只狗的眼睛闪闪发光，好像它听懂了。老妇人立即站起身来。

"这都是谣言！是古老的迷信！麻烦两位快把茶喝了走吧，我还有很多事要做呢！"

狗注意到老妇人忽然变了脾气。它一动不动，高度警觉。但佩特鲁斯却像一开始那样平静。他缓缓将茶倒进杯中，举到嘴边，可一滴未沾又放回了桌上。

"茶太烫了。"他说道，"我们得等它晾凉。"

老妇人没再坐下。显然她很不自在，应该是后悔为我们开了门。她注意到我正目不转睛地盯着那只狗，于是把狗叫到了自己身边。狗听话地过去了，但刚回到她身旁，又转过头来看着我。

"亲爱的朋友，就是为了这个。"佩特鲁斯望着我说道，"正是为了这个，昨天你的信使才会在那孩子身上显现。"

我忽然意识到并不是我在看着狗，是那只狗在盯着我，使我如它所愿。自打一进门，它就开始对我催眠，让我与它对视。我感到困乏，想在这破旧的沙发上睡一觉，外面太热了，我不想走路。这一切都让我觉得奇怪，似乎自己正坠入一个陷阱。那只狗仍目不转睛地盯着我，它越是看我，我越是犯困。

"咱们走吧。"佩特鲁斯说着站起身，把茶杯递给我，"快喝点吧，这位太太希望我们马上离开。"

我犹豫了一下，但还是接过了杯子。这杯热茶让我稍稍振作些。我想说点什么，想问问这只狗的名字，却发不出声来。某种东西涌上心间，直到嘴边，但并不是佩特鲁斯教给我的。一种难以抑制的渴望让我拼命想说出些怪诞的言语，就连自己也不解其意。我觉得是佩特鲁斯在茶里放了什么。一切渐渐远去，我只模糊地听到老妇人对佩特鲁斯说我们得快点离开。对此我欣喜若狂，想把在脑海中闪过的那些奇怪的话通通高声说出来。

在这间客厅里，我只能感受到狗的存在。我开始说了，能感觉到那只狗也开始低吠。它能听懂我的语言。我变得越来越亢奋，声音也越来越高。狗随即站了起来，对我龇牙咧嘴。它不再是刚来时那只温顺驯服的宠物了，已变得危险无比，气势汹汹，随时都可能向我发起攻击。我知道那些语言在保护我，于是声音越发响亮，竭尽全力对着狗大吼。我感到自己体内有股特殊的力量，是它阻止着这只狗向我进攻。

从那一刻起，所有的事情都像是发生在慢镜头里。我看见那老妇人大叫着走到我面前，把我向外推去，佩特鲁斯拽住了她。但狗对两人的拉扯毫不在意，它只管盯住我，低吼着，依旧龇牙咧嘴。每当我停下来试着去理解自己所说的怪诞语言，体内的那股力量就会减弱，狗也随之靠近，显得愈加凶悍。于是我继续不知所云地大吼大叫，那妇人此刻也大叫起来。狗对我虎视眈眈，但我知道只要说下去，我就是安全的。我还听见一声大笑，但不知是真有人笑还是我的想象。

突然间，仿佛所有的事情都在同时发生：一阵大风吹进房里，那狗长嗥一声跳到我身上，我抬手护住脸，大声喊出了一个词，等着它的反应。

狗重重压在我身上，我倒在了沙发上。我们互相逼视了片刻，狗忽地起身跑了出去。

我开始号啕大哭，想起了我的家、妻子和朋友。一股深深的爱意和荒诞的狂喜涌上心头，此刻我明白了这一切。在老妇人的推搡下，佩特鲁斯拽住我的一只胳膊，来到屋外。环顾四周，再也不见了狗的踪迹。我抱着佩特鲁斯大哭，一边在烈日下继续赶路。

之后走的路我都不太记得了，直到在一处喷泉前坐下，佩特鲁斯将水浇在我的面部和脖颈上，我才回过神来。我想喝口水，佩特鲁斯却说现在喝水会让我呕吐。我有些恶心，但感觉还不坏，心间激荡着一股对万事万物与天下众生的爱。道旁树木成行，眼前泉水潺潺，树丛间清风徐徐，鸟声婉转。

我看见一张面孔，正是佩特鲁斯所说的天使。我问是不是离那老妇人的房子很远了，佩特鲁斯说我们已经离开了大约十五分钟。

"你应该想知道刚才发生了什么吧。"他说道。

其实根本无所谓。那股强烈的爱意已让我无比欣喜。狗，妇人，酒馆老板，一切不过是遥远的回忆，与目前的所知所感毫无关系。我告诉佩特鲁斯我想继续走会儿，因为感觉还不错。

我们站起身，重新踏上圣地亚哥之路。整个下午，我几乎一言未发，完全沉浸在愉悦的感觉中，它仿佛充斥了我的全身。有时我会想，佩特鲁斯大概在茶里下了某种药。不过那也没关系，重要的是能看着山山水水，路边的野花，还有天使光辉的面容。

晚上八点，我们来到一家旅馆。那种幸福感依旧围绕着我，虽说已不如最初那么强烈。登记时店主要我出示护照，我便递给了他。

"您是从巴西来的？我去过那儿，我当时就住在伊帕内玛海滩①上。"

这句唐突的话一下子让我回到了现实世界。在圣地亚哥之路上，在一座几百年前建造的小镇里，一个旅店老板说他

①巴西里约热内卢市最著名的海滩之一。

知道伊帕内玛海滩。

"现在可以和我说话了。"我告诉佩特鲁斯，"我想弄清今天发生的一切。"

幸福感已经消失，取而代之的是理智，我再次对未知感到惧怕，再次迫切又强烈地想要脚踏实地。

"吃了饭再谈吧。"他答道。

佩特鲁斯让旅馆老板打开电视，但要关掉声音。他说，这是让我多听少问的最佳办法，因为我会分散一部分注意力去看屏幕。他问我对于发生的事情还记得多少。我说我都记得，除了从出门到喷泉的那一段。

"整件事情中这一段无足轻重。"他答道。

电视里正在放一部关于煤矿的影片，里面的人物还穿着世纪初的服装。

"昨天，当我预感到你的信使有急事时，我就明白圣地亚哥之路上的一场恶战即将打响。你来到这儿是为了找到你的剑，并学习各项拉姆修行术。但是，每当一名向导带领着一位朝圣者向圣地亚哥进发时，至少会出现一次两人都无法掌控的状况。这也是对你修习的一次检验。你的考验，就是遭遇那只狗。

"对于战斗的细节和诸多魔鬼集于恶犬一身的原因，我以后会告诉你。关键是你要明白，那老妇已对诅咒习以为常。她接受了它，只把它当作寻常。对她而言，世人的吝啬倒仿佛是件好事。生活慷慨大度，乐善好施，她却为自己的寥寥所有而知足。

"当你将魔鬼从老妇身上驱散，你也动摇了她的整个世界。我们曾谈过人们会对自身施加种种酷行。不知有多少次，我们想努力展现美好、展现生活的慷慨时，人们都像对待恶魔一般抵制这种想法。没人愿意向生活索要太多，因为人人都害怕失败。但乐意打'善战'之人必须将世界视为无尽的宝藏，它正等待着人们去发现、去征服。"

佩特鲁斯问我是否知道自己在这圣地亚哥之路上做什么。

"我在寻找我的剑。"我答道。

"你为什么想要得到它？"

"因为它会带来'传统'的知识与力量。"

我的回答似乎并未让他满意。但他继续说道：

"你来这儿是要寻找一份回报。你敢于梦想，此刻正竭尽所能让那梦想成真。但你要明白自己用这把剑能做什么，必须在我们找到剑前弄清这一点。不过，有一件事对你有利：你在寻求回报。你走过圣地亚哥之路，只因为你希望自己的努力能有回报。我注意到，对于我教给你的一切，你都能在实践中加以应用。这非常好。

"你只缺将拉姆修行术与自己的直觉相结合。心灵的语言会决定你寻剑与用剑的方式。否则，拉姆修行术将失去作用，并迷失在'传统'的智慧中。"

佩特鲁斯以前也对我说过这些，只是方式不同。尽管我同意他的说法，但这并非我的兴趣所在。有两件事情我无法想明白：一是我说出的那些怪诞语言，二是赶走狗之后，我心中弥漫的愉悦与爱意。

"你感觉愉悦，是因为你的行为包含着博爱。"

"你总是提及博爱，但一直没说明白。我觉得这与一种更高形式的爱有关。"

"一点没错。过不了多久，你就能更深地体会到这种强烈的爱。谁付出爱，谁就会被这种爱所吞噬。不过，你也应该感到高兴，因为这种爱非常自如地在你身上显露。"

"我也有过这种感觉，但来得更短促些，方式也不太一样。它常常出现在一次工作的胜利、征服，或是预感幸运女神将会垂青的时候。但是，每当它出现，我都会变得沉默寡言，对经历的强烈体验心怀畏惧，好像这种喜悦会激起别人的妒意，或是我不配拥有。"

"在认识博爱前，所有人都这样。"他盯着电视屏幕说道。

于是我又问起从我口中冒出的怪诞语言。

"这也让我吃了一惊。这不是圣地亚哥朝圣路上的一项修行术。这是神授能力，属于罗马之路上的拉姆修行术。"

关于神授能力，我曾略微听说过一些，但还是想让佩特鲁斯再讲清楚点。

"神授能力是圣灵赐予人的天赋，但也各有分别。有治病的天赋，有施行神迹的天赋，还有预言的天赋等等。你体验的是语言天赋，使徒们在圣灵降临节那天体验的正是它。

"语言天赋与沟通圣灵有直接关系。它可以用于强有力的祷告、驱散魔鬼或获取智慧——像你这样。连日的赶路、拉姆修行术的操练，再加上那狗的凶险，这三者激发了你的语言天赋。这种情况不会再发生，除非你找到自己的剑，并决心去走罗马之路。无论如何，这算是个好兆头。"

我看着无声的电视。煤矿的故事已变成男男女女彼此交谈的画面，偶尔还有接吻。

"还有一件事。"佩特鲁斯说道，"你可能还会碰见那只狗，到时别试图重新激发这种语言天赋，因为它不会再有了。你要相信直觉告诉你的话。我再教你一项拉姆修行术，它会唤醒这种直觉。这样，你就能渐渐掌握内心的密语，受益终生。"

我刚对影片情节提起些兴趣，佩特鲁斯就关掉了电视。他走到吧台前要了一瓶矿泉水，我们各自喝了一口，然后他拿着剩下的水走了出来。

我们在外面坐着，一时间陷入了沉默。夜晚很宁静，天空中的银河提醒着我此行的目标——找到那把剑。

片刻之后，佩特鲁斯教了我画水灵操。

"我累了，要去睡了。"他说道，"但你现在就得练习这套灵操。要再次唤醒你的直觉，揭开那隐秘的一面。别担心什么逻辑问题，因为水是种流体，难以掌控，但它会潜移默化地、平和地在你与世界之间建立一种新关系。"

走进旅馆前，他又说了一句话：

"并不是人人都能有只狗帮忙的。"

我继续享受着夜的清新与宁静。这家旅馆位置偏僻，眼前的道路上不见一个人影。我想起了去过伊帕内玛的酒馆老板，他大概认为我来这种日头毒辣、土地贫瘠的不毛之地可真够荒唐的。

我有些困了，决定立即练习灵操。我把瓶中剩下的水都浇在水泥地上，立即聚起了一摊水。我脑中没有出现任何图像或形状，也没有试图去构想。指尖划过凉凉的水面，一阵恍惚，就是那种人们盯着火看时会有的感觉。就这样，我心无所思，只是单纯地玩着水。我在水摊的边缘画了几条纹路，使整摊水看上去就像个浸湿的太阳。很快，纹路与水相融合，又连成一片了。用手掌击打水摊的中央，水珠纷纷溅出，落在周围的水泥地上，好像灰色布景上的黑色星星。我已完全

画水灵操

在不渗水的平地上倒一摊水，凝视片刻，心地放空，毫无杂念地在水上随便画些什么。持续练习七天，每次至少十分钟。

不要试图在其中寻求任何实际效果，因为它只是在唤醒你的直觉。即使直觉在一天里的其他时段出现，也要相信它。

陶醉在这看似荒诞不经的修行中，毫无目的，却饶有趣味。思考彻底停止了，这是以前只有在长坐冥思或身心松弛之后才有的感觉。同时，有一种声音告诉我，内心深处的灵魂隐秘之所正孕育着一股力量，呼之欲出。

那摊水我玩了很久，似乎无法停下来。如果佩特鲁斯在旅程一开始便教给我这套灵操，我一定会拿它消磨许多时光。但现在，在我说出怪诞语言并赶走魔鬼之后，这摊水让我与头顶的银河建立起了联系，尽管它还那么微弱。水摊映照着银河的繁星，酝酿着我无法理解的图形，但它并不让我感觉是在浪费时间，事实上它正在编创与世界沟通的全新密码。一套心灵的密码，一种人所共知却鲜有耳闻的语言。

等我回过神来，已是夜深人静。旅店门前的灯早已熄灭，我蹑手蹑脚地走了进去。回到房间后，我再一次召唤出阿斯特赖恩。这一次他的样貌更加清晰，我向他谈了剑与我的人生目标，他却未作回应。不过，佩特鲁斯曾告诉我，随着召唤渐渐频繁，阿斯特赖恩出现在我身旁时会变得愈发生气勃勃、势强力大。

婚 礼

圣地亚哥之路的朝圣者途经的大城市不多，只有几个，洛格罗尼奥①就是其中之一。此前，我们经过的大城市是潘普洛纳②，但并没有在那里过夜。到达洛格罗尼奥的那个下午，城中正张罗着一场盛大的宴会。佩特鲁斯建议我们先安顿下来，至少留宿一夜。

我习惯了乡村的安宁清净和自在，所以对这个提议并不感到满意。离遭遇那只恶犬已经过去五天，我每晚都会召唤阿斯特赖恩，练习画水灵操，也渐渐地感觉自己的内心越来越平静。我对圣地亚哥之路在人生中的重要性已心知肚明，对自己今后的安排也一清二楚。尽管沿途一片荒凉，难免要粗茶淡饭，整日赶路也让人疲劳不堪，但我在享受成真的梦想。

①西班牙北部城市，埃布罗河流经该市。
②西班牙纳瓦拉自治区首府。

在我们来到洛格罗尼奥的这天，一切感觉都已消散。这个城市没有内陆乡村炎热但干净的空气，车水马龙，处处都是记者和摄影师。佩特鲁斯就近步入一家酒馆，询问到底发生了什么事。

"您不知道吗？M上校的千金今天结婚。"酒保答道，"广场上将举行一场盛大的全民宴会，今天我这儿可要早点关门了。"

我们找来找去都不见旅馆。幸好有一对老夫妇看到了佩特鲁斯背包上的扇贝壳，答应让我们借宿家中。洗过澡，我换上包里仅有的一条长裤，和佩特鲁斯去了广场。

广场上，几十个身着黑礼服的侍者正汗流浃背地给餐桌做最后的装饰。西班牙电视台拍了几个准备工作的镜头。我们踏上一条小路，尽头是圣地亚哥皇家大教堂，婚礼将在那里开始。

人们个个衣着讲究。女人脸上的妆容在高温下都快化了，身穿白衣的孩子也是一脸的不高兴。大家陆陆续续走进了教堂。焰火在头顶绽放，一辆超长的黑色豪华轿车停在教堂正门前。新郎到了。夜幕渐渐降临，我和佩特鲁斯实在挤不进教堂，只好又回到广场上。

佩特鲁斯去附近转转，我找了条长椅坐下来，等待婚礼结束后的宴会。我身旁是个卖爆米花的小贩，他也在等着仪式散场，好大赚一笔。

"你也是受邀的客人吗？"小贩问我。

"不是。"我答道，"我是去圣地亚哥的朝圣者。"

"马德里有趟火车直达那里，如果是星期五出发，还可以免费住店。"

"但我们是在朝圣啊。"

小贩看看我，小心翼翼地说道：

"朝圣是圣徒做的事。"

我不想再争论下去。卖爆米花的老人又说，他的女儿已经出嫁了，但正与丈夫分居。

"在佛朗哥时代，人们还比较看重家庭。"他说道，"现在没什么人在乎这些。"

虽说身在异国他乡不宜与人讨论政治，但听了这话，我还是忍不住要搭腔。我说佛朗哥是个大独裁者，在他统治的时代，没有什么会比现在强。

老人顿时面红耳赤。

"你以为你是谁，怎么可以这么说？"

"我了解这个国家的历史，也清楚它的人民争取自由的抗争。西班牙内战中的累累罪行，我都曾读过。"

"我参加过那场战争，有资格谈论它，我的家族中甚至有人为此流血牺牲。我不在乎你读到的那些历史，只在乎我的家庭经历了什么。我和佛朗哥的军队打过仗，但他赢了，我的生活也改善了。日子过得不贫穷，还有辆卖爆米花的小车。可现在这个政府不但没能帮我，还让我的生活不如从前。"

我想起佩特鲁斯说过，人们总满足于自己拥有的那一丁点东西。我决定不再谈论这个话题，换了个位子坐下。

佩特鲁斯回来了，坐在我身旁。我把和爆米花小贩的对话告诉了他。

"交谈总是有好处的，"他说，"尤其在人们试图确信自己的想法正确的时候。我是个意共①党员，以前还真不了解你身上有法西斯的一面。"

"什么法西斯的一面？"我生气地问。

"你帮助一个老人确信佛朗哥更好些。也许他以前并不清楚，但现在明白了。"

"我更吃惊的是一个意共党员竟然会相信圣灵的恩赐。"

"我还得考虑邻居们会怎么说。"他模仿教皇的口吻说道。

我们都笑了。焰火再次升空。一支乐队已到了广场的乐台上，正调试乐器。宴会应该要开始了。

我仰望夜空。天色渐暗，星辰初现。佩特鲁斯走到一位侍者跟前，端回满满两杯葡萄酒。

"宴会开始前先喝一点会带来好运。"他边递给我酒杯边

---

①意大利共产党。——原注

说，"喝点这个，可以帮你忘掉卖爆米花的老头。"

"我早就不想那事儿了。"

"还是该想想的。这是个信号，一个错误行为的缩影。我们总是想为自己赢得信徒，让他们接受我们的世界观。我们常常以为，相同信仰的人越多，我们所信仰的就越是真理。其实根本不是这么回事。

"看看你的周围，一场盛宴正在准备，开场在即。它在同一时间庆祝的是好几件事情：父亲嫁女儿的梦，新娘结婚的梦，还有新郎成家的梦。这是好事，他们相信各自的梦想，并意欲向众人展示他们实现了梦想。举办这场宴会不是为了说服任何人，只为了尽兴。一切都表明，这是一群投身'爱之善战'的人。"

"佩特鲁斯，你不正在说服我吗？你在领我走圣地亚哥之路。"

他冷冷地看了我一眼。

"我是在教你拉姆修行术。发现路途、真理与生命都在你心中时，你才能找到自己的剑。"

佩特鲁斯伸手指向夜空，天幕上繁星闪烁，清晰可见。

"银河指明去圣地亚哥的道路。但没有一种宗教能囊括其中的所有星星，否则，宇宙只是一片巨大又空荡的空间，失去了存在的理由。每颗星乃至每个人都有自己的空间，都有各自的特征。星星有绿的、黄的、蓝的和白的，有彗星、流星、陨星、星云和星环。从这儿向上望，那像是一堆差不多大的小亮点，事实上却千差万别。百万颗恒星遍布宇宙，其广阔无垠远超过人类的想象。"

又一束焰火在空中绽放，火光片刻间照亮了夜空。闪亮的绿色丝绦汇成一道瀑布，从夜空坠落。

"之前我们只能听见焰火的声音，因为那是白天，而现在我们能看到它了。"佩特鲁斯说道，"这是人唯一可以盼望的改变。"

新娘步出教堂，人们纷纷向空中抛撒大米并高声欢呼。这是个瘦瘦的女孩，年龄在十七岁上下，她手挽着一个身穿礼服的小伙子。大家都跟着迈出教堂，步向广场。

"看 M 上校！看新娘子的婚纱！真漂亮！"身边几个女孩子惊呼道。客人们都落了座，侍者依次倒酒，乐声奏起。卖爆米花的老头身边很快围了一群吵吵嚷嚷的男孩，他们纷纷递上钱去，吃完了便把包装袋随地一扔。我能想象，至少在这个夜晚，对于洛格罗尼奥的居民来说，核战的威胁、失业、凶杀犯罪等问题都不存在。这是狂欢之夜，广场上的酒桌为全城居民而设，每个人都觉得自己尊贵显赫。

一群电视台的记者向我们这边走来，佩特鲁斯连忙挡住了脸。但那群人从我们身边经过，直奔旁边的一位客人。我立刻认出那人是马诺洛，墨西哥世界杯足球赛时西班牙球迷的啦啦队队长。等采访结束，我走过去说我是个巴西人，他则装出一副生气的样子，说世界杯首轮比赛中巴西队偷走了西班牙的一粒进球①，但随即又拥抱了我，说现在的巴西队有了一批世界一流的球员。

"你总是背对着球场指挥啦啦队，又怎么看球呢？"我问他。在看世界杯转播赛时，这是我最感兴趣的问题之一。

"我的快乐就在于让球迷相信我们必胜。"

接着，他好像也成了圣地亚哥之路上的向导，说道：

"没有信仰的球迷会让胜券在握的球队输掉比赛。"

马诺洛被其他人请走了，我仍在回味他的话。虽然他没有走过圣地亚哥之路，但也明白什么是"善战"。

我发现佩特鲁斯躲在一个角落里，记者的存在显然让他很不自在。直到摄影的灯熄灭，他才放松了些，从树荫里走出来。我们又要了两杯酒，我还给自己弄了盘点心。佩特鲁斯找了张桌子，我们在宾客间坐了下来。

新人切开了一个巨大的蛋糕，欢呼声再次响起。

"他们应该非常相爱。"我自言自语道。

---

① 1986 年的墨西哥世界杯赛，西班牙对阵巴西时，西班牙队的一个进球被判无效，因为裁判没有看到球是先打在门线内又弹出来的，最后巴西队以 1:0 获胜。——原注

"他们当然相爱。"同桌的一位黑衣男士说道,"你见过有人因为别的目的而结婚吗?"

我没有作声,因为想起了佩特鲁斯对卖爆米花老头的评论。但我的向导却没放过话茬。

"先生,您指的是哪种爱?情爱,友爱,还是博爱?"

那男士看着他,一脸茫然。佩特鲁斯站起身,将酒杯斟满,说我们去四处走走吧。

"希腊语中有三个词表示爱,"他开口道,"今天你看见的是情爱,男女之间的那种感情。"

新郎新娘此刻在镜头前频频微笑,接受众人的祝福。

"他们看上去是相爱的。"他指着那对新人说,"而且以为爱会与日俱增。过不了多久,他们将为生活而拼搏,会建起一个家庭,参与同一场冒险。这让爱显得更加崇高,更加富有尊严。男人会投身军旅、发展事业,女人洗衣煮饭,成为贤妻良母,因为她从小受的便是这种教育。他们将相伴相随,生儿育女,并感到是在携手经营一个家庭。他们正在打一场'善战',因此无论遇到多少坎坷,都会感到幸福如初。

"但是这个故事也可以忽然逆转。男人开始觉得自己不再自由,无法表达内心所有的情爱,对其他女人的情爱。女人则渐渐意识到为了相夫教子,自己牺牲了事业,放弃了似锦的前程。于是，两个人非但不能共创家业，反而觉得自己正被这份爱剥削。最初，情爱让他们结合，现在又显露出糟糕的一面。上帝将爱赐给人类，作为人类拥有的最高尚的情感，现在反而成了仇恨与毁灭之源。"

我环顾四周，果真在好几对夫妇身上看见情爱。画水灵操激活了我心灵的语言，现在我观察人的方式变得特别起来。或许是因为林间那些孤独的日子，或许是练习拉姆修行术的缘故，我能感受到好的情爱，也能感受到坏的情爱，与佩特鲁斯描述的分毫不差。

"你看这多奇怪，"佩特鲁斯说，他大概也有同感，"情爱虽有好坏两种，但在每个人身上表现出的面孔却是不同的，就像我刚才说的星星。没有人能逃过情爱。每个人都需要它，尽管它时常让我们觉得与世隔绝，被孤独囚禁。"

乐队奏起华尔兹。人们纷纷走到乐台前的水泥空地上跳舞。酒兴微起，大家汗出得越多，兴致越见高涨。我注意到一个身穿蓝衣的姑娘，她来参加婚宴好像只是为了奏响华尔兹的这一刻——她想和一个人跳舞，从少女时代起就梦想着能与此人相拥。她的目光追随着一个身着得体的亮色西服的小伙子。他正在一圈朋友中间聊得高兴，丝毫没听到已奏响的华尔兹，也没注意到几步之外一个蓝衣女孩正目不转睛地望着他。

在无数座这样的小城里，有多少女孩从小就梦想着能与心仪的男孩终成眷属。

蓝衣女孩发现我在看她，走开了。这次倒是男孩用目光寻找女孩了，发现她在女伴身边，又和朋友们有说有笑起来。

我让佩特鲁斯也看看这场目光游戏。他观察了一会儿，又继续喝起酒来。

"看他们的表现，好像示爱是一件羞耻的事。"他只丢下这么一句话。

对面有个女孩一直盯着我们看。她大概只有我们一半的年纪。佩特鲁斯举起酒杯，向她做了个敬酒的动作。女孩羞怯地一笑，指了指父母，像在解释她不能上前的原因。

"这才是爱美好的一面。"佩特鲁斯说，"它敢于挑战，愿意把自己交付给两个素昧平生的年长者。他们从远方来，明天又将出发去往她也想去游历的世界。"

从声音里，我听出他有点喝多了。

"今天我们来谈谈爱吧！"我的向导高声说着，"我们来谈谈这种真正的爱，它永远在成长壮大，不仅会撼动世界，还使人更加明智！"

我们附近有位衣着规整的女士，看上去并不为这场宴会所动，只是不停地收拾杯盘刀叉，从这桌到那一桌。

"看那位女士，"佩特鲁斯说道，"她不停地在收拾东西。

我跟你说过，情爱有很多副面孔，这也是其中之一。这是沮丧的爱，建立在他人的不幸之上。她会亲吻新郎新娘，却在心里嘀咕他们俩压根儿就不般配。她努力让世界变得有序，因为自己很混乱。再看那儿，"他指着另一对夫妇，妻子化着浓妆，戴着夸张的头饰，"这是被接纳的情爱。它太过世故，已经不再有任何热情。她接受了自己的角色，于是剪断与世界相连的纽带，疏远了人生的'善战'。"

"你太悲观了，佩特鲁斯。难道这里就没有人幸免吗？"

"当然有，比如刚才看着我们的女孩，还有那些正在跳舞的年轻人，他们只知道好的情爱。爱的虚伪世故压抑着他们的父辈，如果年轻一代能摆脱这种影响，世界将是另一番模样。"

他又指了指坐在桌旁的一对老夫妇。

"他们也是。不像其他夫妇，他们从未沾染世间的虚伪。看样子这是一对农民。口腹之需让他们不得不并肩劳动。他们从没听说过什么拉姆教团，却像你一样习得了修行之术，在劳动中获取了爱的力量。情爱在他们身上展露出最美的面容，因为它已经与友爱结合。"

"什么是友爱？"

"友爱是一种友情式的爱，就像我对你、对其他人的感情。当情爱的光芒不再，是友爱让老夫妇依然相守下去。"

"那博爱呢？"

"今天我们不谈这个。博爱就在情爱与友爱之中，不过这只是其中一种说法。我们去享受节日吧，别再谈论这噬人的爱了。"佩特鲁斯又往他的塑料杯里倒了些酒。

周围欢乐四溢。佩特鲁斯有些醉了，起初这让我吃了一惊。后来我想起他在某天下午说过的话，他说连凡夫俗子也能修炼的拉姆修行术才有意义。

这个夜晚，佩特鲁斯在我眼中与常人无异。他是个好伙伴、好兄弟，拍着别人的背，和听他说话的人侃侃而谈。没过多久，他便喝得大醉，我不得不架着他回旅店。

半路上我猛地意识到，自己正引导着向导。我这才发现在整个旅途中，佩特鲁斯从来没有试图显得比我更聪明、更圣洁，或是更强大。他只是在向我传授拉姆修行术的经验。除此之外，他只想表现得和其他人一样，也能感受到情爱、友爱和博爱。

这让我感到自己更加强大。圣地亚哥之路属于芸芸众生。

热 忱

"我若能说万人的方言，并天使的话语；我若有先知讲道之能，而且有全备的信，叫我能够移山，却没有爱，我就算不得什么。"①

佩特鲁斯又一次引用了圣保罗的话。在他看来，使徒保罗是基督启示的传话人，伟大又神秘。我们一上午都在走路，下午则在钓鱼。没有一条鱼上钩，但我的向导好像一点也不在乎。按他的说法，钓鱼是人与世界关系的一个象征：我们知道自己想要什么，如果坚持就会成功，只是达到目标的时间取决于上帝的相助。

"在做人生的重要决定前，最好做一些慢节奏的事情。"他说道，"修道士会倾听岩石的生长，我则喜欢钓鱼。"

但此刻天气炎热，那些懒洋洋的小红鱼几乎都浮到了水

① 《哥林多前书》13∶1－2。

面上，就是不上钩，不论将鱼饵浸在水里还是悬在水面上都无济于事。我决定放弃，去附近转一转。信步走到河边一片废弃的古墓旁，却发现墓园正门与墓地大小极不协调，便回去找佩特鲁斯问是怎么回事。

"那曾是一家专门接收往来朝圣者的医院，"他说，"废弃多年了，后来有人想利用这个门面盖一块墓地。"

"结果墓地也废弃了。"

"没错。人生百事，来去匆匆。"

我告诉他，他前一晚评判宴会上的那些人时显得非常刻薄。他听了十分吃惊，说我们谈论的只是个人生活中早有的体会。人们一生都在寻找情爱，而当情爱转化为友爱时，便认为爱是徒劳。殊不知正是友爱将我们引向最高形式的爱——博爱。

"和我说说博爱吧。"我恳求道。

他说博爱只可体会，不可言传。如果可能，他待会儿便可以让我看到博爱的其中一副面孔。但是就像钓鱼一样，需要整个宇宙协调配合，才能一切顺利。

"信使会帮助你，但有一样却不受信使控制，也并非其意愿所及，你同样无能为力。"

"什么？"

"神意的火花。人们通常叫它'运气'。"

太阳西沉时我们又上路了。路上经过一片片葡萄园和庄稼地，但这个时间看不见一个人影。穿过同样没人的主干道，我们回到了森林里。远远地，我能看见圣洛伦佐峰，那是卡斯蒂利亚王国的制高点。自从在圣让－皮耶德波尔城附近遇见佩特鲁斯，我已经发生了许许多多的改变。巴西，还有那些撇下的生意，几乎从脑中销声匿迹了，唯一强烈的只有我的目标。我每晚都与信使阿斯特赖恩讨论，目标也日渐明晰。我常常能看见他就坐在我的身边，他的右眼总紧张得抽搐一下，每当我重复一件事来证明自己已心领神会，他便不屑地一笑。几星期前，尤其是朝圣的最初几天，我甚至害怕自己无法走完。途经隆塞斯瓦勒斯时，我曾无聊至极，厌倦一切，只想快点到达圣地亚哥，找到那把剑，然后回国去打佩特鲁斯说的"善战"①。而现在，文明社会已遭我厌恶，被我抛弃，几近遗忘，我关心的只有头顶的太阳和初尝博爱的兴奋。

我们走下河谷，涉过小溪，十分艰难地爬上对岸的斜坡。那条小溪以前应该是条滔滔大河，它咆哮而过，卷起泥土，探寻着大地深处的秘密。而今我们看到的只是涓涓细流，蹚着便能走过。但是，它留下了过去的辉煌——一道巨大的河谷，让我们费了好大的劲儿才爬上来。"人生百事，来去匆匆。"

①此处有作者原注"我后来才发现这个词原来是圣保罗发明的"。此说法可参见《提摩太前书》1:18，中译本处理为"美好的仗"。

佩特鲁斯之前这么说过。

"佩特鲁斯，你深爱过吗？"

话刚出口，我就被自己的勇气吓了一跳。此前，关于向导的私人生活，我只了解大概的情况。

"如果你问的是女人，我确实爱过很多。每一个我都深深爱过，但只有两个人令我感受到了博爱。"

我说我也恋爱过多次，却有些忧虑，因为自己无法专情于任何一个女人。这样下去恐怕会孤独终老，这正是我害怕的事情。

"那就聘个护士好了。"他笑着说，"不过话说回来，我不相信你只想从爱中求得一个安详的晚年。"

夜幕降临时，已近九点。葡萄园早被抛在了身后，我们正站在一片荒凉之地。我环视四周，依稀能分辨出远处的乱石中矗立着一座小教堂，和这一路见过的许多教堂类似。我们继续向前走了一会儿，便偏离有黄色标记的路线，径直向那座小教堂走去。

待走得足够近时，佩特鲁斯忽然喊了一个我没听懂的名字，然后停下脚步，静听回答。尽管我们都屏息凝神，却什么也没听到。佩特鲁斯又喊了一遍，仍旧无人应答。

"不管了，我们进去吧。"他说道。我们走了进去。

里面只有四面白墙。大门是开着的——那与其说是门，不如说是一扇半米高的门板，颤悠悠地挂在铰链上。室内有一个石砌的灶台，还有一堆整齐堆放在地上的碗。其中一个装满了麦粒，还有一个装着土豆。

我们静静坐下。佩特鲁斯点燃香烟，说先在这里等会儿。尽管双腿累得发酸，但我感觉到这教堂里有什么东西，那非但不能让我平静下来，反而使我不安。要不是佩特鲁斯在，我真的会被吓到。

"不管这里住着谁，人该睡在哪儿呢？"我决定打破这令人不安的沉默。

"就睡在你坐的地方。"佩特鲁斯指着光秃秃的地面说。我想挪个地方，他却让我待在原地别动。气温应该下降了一些，我感到一丝寒意。

我们等了整整一个小时。佩特鲁斯又喊了两遍那个名字，之后就不再喊了。我以为我们会起身离开，佩特鲁斯却开始说话了。

"博爱曾显现过两次，其中一次就在这里。"他边说边掐灭了自己的第三根烟，"这两次不是仅有的，却是最纯正的。博爱是爱的总和，谁来尝试，谁就会被它吞噬。在懂得并体验到博爱的人眼里，除了去爱，世间万物都了无意义。耶稣对人类持有的正是这种爱。这爱无比伟大，足以撼动满天星辰，改变历史。耶稣孤独一生，但他做的却是世代君王、千军万马、泱泱帝国力所不能及的事。

"在几千年的文明历史中，许多人都曾被这'噬人之爱'占据身心。他们可以给予的如此之多，世界求于他们的却微乎其微，这使他们不得不离群索居走向荒漠，因为这爱太宏大，甚至彻底改变了他们。这就是今天我们知道的隐居圣徒。

"对于你我这般只能体验到另一种形式的博爱的人而言，这里的生活也许无比艰辛，糟糕透顶。然而，'噬人之爱'会使一切，绝对是一切都失去意义。这些人活着只是为了让爱将自己耗尽。"

佩特鲁斯告诉我这里住着一个名叫阿方索的人，是他当年第一次前往圣地亚哥朝圣时认识的。阿方索是他向导的朋友——佩特鲁斯说他的向导比他还要有智慧，他们三人曾一起练习过博爱仪式——蓝色之球灵操。他还说那是他人生中最为重要的经历之一，时至今日，只要一练习这套灵操，他便会想起这座小教堂，想起阿方索。我第一次发现，他的声音竟有些动情。

"博爱是种'噬人之爱'。"他又重复了一遍，好像没有别的话能更好地定义这种奇怪的爱了。"马丁·路德·金曾说耶稣让我们爱自己的仇敌，指的就是博爱。耶稣曾讲，'敌人伤害我们，让我们痛苦的生活日益难堪，喜欢他们是不可能的。'但博爱绝不止于喜欢。它是一种浸入一切、充满一切的情感，能粉碎一切恶意。

"你已经学会重生，学会不对自己残忍，学会与信使沟通。但是你必须让'噬人之爱'触动心灵，否则今后在圣地亚哥之路上所做和所收获的一切，都将失去意义。"

我提醒佩特鲁斯，虽然他曾说博爱有两种形式，但这第一种他大概也没有体验过，否则他现在就是个隐士了。

"你说得没错。如同大部分的朝圣者，你我走过圣地亚哥之路，学习了拉姆修行术，体验到的都是博爱的另一种形式——热忱。

"对先人们而言，热忱意味着恍惚、着迷，意味着与上帝建立了联系。热忱便是指向某种想法、某样事物的博爱。我们每个人都有过这样的体验。发自内心地热爱某样东西、相信某件事情时，我们便会感觉自己拥有天下无双的力量，深信自己的信仰不可战胜。这种奇异的力量总能让我们在正确的时刻做出正确的决定。大功告成时，我们会对这种能力吃惊不已。因为在'善战'中，引领我们直达终点的正是热忱，此外的一切都不重要。

"在人生的最初几年，热忱往往会展现它的全部能量。那个时期有一条强有力的纽带将我们与神性相连，我们捧起自己的玩具，好像布娃娃也有了生命，小锡兵也能够行军。耶稣说天国属于孩子，他是指这种体现为热忱的博爱。孩子接近耶稣，并非因为耶稣的神迹与智慧，也非基于对法利赛人①和耶稣使徒的了解，是因为他们心怀热忱。"

我告诉佩特鲁斯，就在那个下午，我发现自己已完全融入圣地亚哥之路。在西班牙土地上行走的日日夜夜，不仅让我淡忘了自己的剑，还成为人生中一段独一无二的体验。此外的一切都不重要了。

"今天下午钓鱼时，鱼怎么都不上钩，"佩特鲁斯说道，"而我们通常就是在这样的小事上，让热忱从自己手中偷偷溜走。在宏大的人生规划中，这种小事貌似毫无意义。可正是由于'善战'中这些难免的小挫折，我们才逐渐失去了热忱。我们并非不知道热忱是一股巨大的力量，能帮助夺得最终的胜利，却任它从指缝中溜走，殊不知人生的真谛也随之逃逸。我们厌倦无聊，屡屡失败，便怪罪起这个世界，却忘了正是自己放走了这股摄人心魄的力量，它本可赋予一切意义，以热忱之形彰显博爱。"

小溪边的那片墓地又浮现在我眼前。那扇大得出奇的门，恰恰象征着人们丢弃的人生真谛。墓门后只有累累尸骨。

佩特鲁斯仿佛猜出了我的心思，提起一件类似的事来。

---

①古代犹太教派，标榜墨守传统礼仪，《圣经》中称他们为言行不一的伪善者。

"几天前，我对一个可怜的小伙子大发雷霆，只因他在我的裤子上洒了点咖啡，而那条裤子本就沾满了一路的灰尘。你当时一定很吃惊。其实我那么冲动，是因为从小伙子眼里看到，热忱正像从割破的手腕处流干的血液般枯竭。一个身强力壮、精力充沛的小伙子正在死去，因为在他心里，博爱正随着时间的流逝一点一滴地消失。我已不再年轻，对这样的事情或许早该司空见惯，但那个小伙子本可以为人类贡献许多美好，这让我既震惊又悲哀。我敢肯定，我的咄咄逼人伤害了他的自尊，但也延迟了博爱的死亡时间。

"同样，当你驱走了老妇人那条狗身上的魔鬼时，你感受到的就是一种纯净的博爱。这种高贵之举让作为向导的我深感欣喜。所以，这一路上第一次，我要跟你一起做一套灵操。"

随后佩特鲁斯教了我博爱仪式——蓝色之球灵操。

"我会帮你激发热忱，创造力量，这股力量将扩散蔓延，像一个蓝色球体一样把世界包裹起来，"他说道，"以表达对你的追求和为人的敬重。"

迄今为止，佩特鲁斯还从未对我练习灵操的方式发表过评论，无论是肯定的还是否定的。他在我第一次接触信使时为我做过分析，在我做种子灵操陷入恍惚时帮我恢复神志，

蓝色之球灵操

舒适地坐下，身体放松。什么也别想。

1）感受活着是多么美好。让心灵充满自由，超脱于纷扰的琐事。轻唱一首儿时歌谣，想象心在慢慢长大，它散发出一道闪亮的蓝光，渐渐充满你的房间和家。

2）回想儿时信仰过的友好圣徒，留心看他们从各地微笑而至，给你生活的信念和信心。

3）想象圣徒走上前来，把手放在你头顶，许愿赐予你爱、平和以及与世界的融洽，这份融洽也存在于你和圣徒间。

4）待这种感觉足够强烈时，想象有一道蓝光在你身体中流进流出，就像一条奔腾闪耀的河流。蓝光渐渐扩散，充溢你的居所，弥漫你所在的街区、城市，甚至整个国家，直到将全世界包裹在一个巨大的蓝色球体内。这就是"至高之爱"的彰显，它超越了日常的奋战打拼，但又向其中注入活力、能量与平静。

5）尽量长久地让这道蓝光笼罩整个世界。你的心已敞开，散播着大爱。这个阶段至少要持续五分钟。

6）一点一点地脱离恍惚状态，回归现实。圣徒仍在你的近旁，蓝光仍在世上弥漫。

本灵操至少需要两人同时练习，参与者应携起手来。

但从来没关心过我的练习成果。我不止一次问他为什么不想了解我的感受，他总是说，作为向导，他唯一的义务是带我走过圣地亚哥之路，并教我拉姆修行术。至于修行成果，我感到欣慰也好，无所谓也罢，都是自己的事。

现在他说要陪我一起练习灵操，我却忽然觉得自己配不上他的夸赞。我清楚自己的缺陷，也多次怀疑他带路的能力。我想把这些告诉他，他却先插话道：

"不要对自己残忍，否则就无法领会之前我教给你的东西。放松些，接受你应得的赞扬吧。"

我热泪盈眶。佩特鲁斯抓起我的手，牵着我走出去。漆黑的夜色比往常都要暗沉。我在他身旁坐下，和他一起唱起歌。那是从我内心流淌出的曲调，他也轻松地唱和起来。我轻轻击掌，前后晃动着身体。掌声越来越响，旋律自然流淌，歌颂夜色深浓的苍穹、苍茫的原野、没有生命的岩石。我看见儿时信仰的圣徒，看见已经逝去的生命，因为我扼杀过许多博爱。而现在"噬人之爱"慷慨回归，圣徒在空中向我微笑，那副面庞仍像我儿时见到的那般热切。

我张开双臂，任博爱自由流淌。一道不停闪耀的神秘蓝光开始在我身上流进流出，涤荡着我的心灵，宽恕我的罪过。它先是弥漫在我四周，然后扩散到整个世界。我不禁开始哭泣，因为我再次感受到了热忱。在生命面前，我又成了一个孩子，此时此刻没有什么能伤害到我。我感到有什么在靠近，并在我的右侧坐下。我猜那应该是我的使者，只有他才能看到这道如此强烈的蓝光在我身上流动，扩散蔓延至整个世界。

光线越来越强，我能感到它包裹住整个世界，穿过一道道门、一条条街，至少在一瞬间触动了每一个生命。

我感到张开并伸向天空的双手被人握住了。蓝光流动得越来越快，让我几近昏厥。但我还是支撑了几分钟，直到把那首歌唱完。

我放松下来，精疲力竭，却由衷地对生活、对刚才的体验感到喜悦。握住我双手的手已松开，我知道其中一只是佩特鲁斯的，另一只我也在心中猜到了属于谁。

我睁开眼，看见阿方索修士坐在我身旁。他朝我微微一笑，用西班牙语道了声"晚上好"。我也笑了，抓过他的手紧紧贴在自己胸前。就这样过了一会儿，他才把手轻轻抽走。

我们三人静默无言。片刻后，阿方索站起身，向怪石嶙峋的荒原走去。我目送着他，直到他完全隐入黑暗之中。

不一会儿，佩特鲁斯打破了沉默，却只字未提阿方索。

"只要条件允许，就多练习这套灵操。渐渐地，博爱会重驻你的内心。在你着手一个项目、开始一段旅行或是因某件事激动不已时，就反复练习这套灵操。可能的话，与你喜欢的人一起，这套灵操需要与人共享。"

那个佩特鲁斯又回来了，那个我知之甚少的教练、指导员和向导。他在小屋里表露出的情感已经渐渐平息。但在练习灵操过程中他触碰我的手时，我感受到了他心灵的伟大。

我们回到白色的小教堂，行李还在那儿。

"主人今天不会回来了，可以睡在这里。"佩特鲁斯边说边躺了下来。我铺开睡袋，喝了口酒，也睡下了。"噬人之爱"让我精疲力竭，却彻底放松下来。闭眼之前，我想起了那个留着胡须、身材瘦削的修士，想起他坐在我的身边向我道了声晚安。远方某处，神圣的火焰正燃烧着他的生命。或许正是这个缘故，今夜才会这般黑暗——因为他已将全世界的光凝聚在自己体内。

死 亡

"你们是朝圣者吗？"给我们端来早餐的老妇人问道。这是一个名叫阿索弗拉的小镇，许多低矮的房门上刻着中世纪的徽章。还有一处泉眼，几分钟前我们在那里灌满了水壶。

我说是的，老妇人眼中立即流露出尊敬与骄傲。

"在我小的时候，每天至少都会有一位前往圣地亚哥的朝圣者从这里经过。内战和佛朗哥时代之后，不知怎的，我感觉朝圣便终止了。肯定是建了条高速公路的缘故，现在的人出门只喜欢坐车。"

佩特鲁斯没搭话，他今天起床后就一直心情不好。我同意老妇人的说法，在我的想象中有一条在林间穿行的新铺的沥青公路，往来的汽车车盖上画着扇贝壳的图案，沿途的修道院门口排开一溜纪念品商店。我喝掉加奶的咖啡，蘸着橄榄油吃完面包，看着阿梅里克·庇古的指南手册，在心里估算着,下午我们应该能到圣多明各－德拉卡尔萨达。我计划在"国家旅社"①投宿。即使一天吃三顿饭,我现在的花费也比最初预计的要少很多。是该奢侈一把了,让我的身体得到和胃同等的犒劳。

我今天起床时,便有种奇怪的感觉,迫不及待地想赶到圣多明各去。两天前走向那个小教堂时也是这样,当时我还以为,不会再有这种感觉了。佩特鲁斯今天有些忧郁,比往常沉默了许多。我不知道这是否与两天前遇到阿方索有关。我很想召唤出阿斯特赖恩,和他谈谈这件事,但并没有这样做。我心里没底,不知道召唤他是否有用,于是放弃了这个念头。

喝完咖啡,我们再次上路。走过一栋刻有盾徽的中世纪房屋、一处曾是朝圣者客栈的废墟,穿过一座位于小镇边缘的省级公园,准备走入乡野时,我感到左侧有某种异常强大的东西出现了。我继续向前走,却被佩特鲁斯制止了。

"就算跑也没用,"他说道,"停下来,面对它。"

我想甩开佩特鲁斯,继续向前走。忽然一股不适的感觉涌上来,胃部一阵绞痛。有那么一会儿,我宁愿相信是吃面包和橄榄油坏了肚子。但这种感受我以前有过,不能自欺欺人。这是紧张。紧张又恐惧。

"朝后看!"佩特鲁斯的语调很是急迫,"快看,否则就

①由一些古城堡和历史名胜改造成的一流宾馆。——原注

118

晚了！"

我立即转身看去，身子左侧是一栋废弃的小房子，缠绕其间的植被已被太阳烤得枯干。一株扭曲的橄榄树枝干直指天空。在树和房子之间，一只狗正死死地盯着我。

那是一只黑狗，和几天前从老妇人家中赶走的那只一模一样。

我忘了佩特鲁斯还在场，紧紧盯住狗的双眼。有个声音——也许是阿斯特赖恩，也许是我的守护天使——在对我说，只要我一挪开视线，狗就会发起攻击。我们就这样对视着，不知道过了多长时间。虽然充分体验过"噬人之爱"的伟大，但现在，我又得重新面对生命中时常出没的威胁。这只恶犬为什么跟了我这么远，它究竟想要什么。我只是一个寻剑的朝圣者，既没有兴趣也没有耐心与沿路的人或动物滋生事端。我试图用眼神传达这一切，想起修道院里修士们用目光交流的事，但那只狗一动不动。它依然冷冷地盯着我，一旦我移开视线或面露恐惧，就会向我扑过来。

恐惧！我的恐惧消失了。我发觉这是个极其可笑的场景，根本不值得去恐惧。尽管胃还在翻腾，我还想呕吐，但已不再害怕。眼神会泄露一切，如果我害怕，那只狗会像上次那样将我扑倒。我一刻也没有挪开视线，尽管我察觉右侧的一条小径上，有个人影正在靠近。

那人影驻足片刻，便直奔我们而来。它恰好穿过我和狗的视线，口中说着些我听不懂的话。那是一位女性的声音，善意而友好。

就在这人影横插在我和狗视线间的一刹那，我的胃顿时感到轻松了。现在有了一个强大的朋友，来帮我打赢这场荒唐又毫无必要的战斗。人影刚飘过，那狗便垂下眼睛，纵身一跳，跑向那座废弃的屋子后面，消失了。

这时我心中的恐惧迅速散去，心跳得飞快，以至于有些头晕目眩，几乎要昏厥过去。天旋地转之际，我不忘向来时的路上张望，寻找那个给我力量击败恶犬的人影。

那是一个修女，她背对着我们，正朝阿索弗拉方向走去。我看不见她的面容，但记得她的声音，估计她也就二十几岁。我又看了看她来时的方向，那是一条极为狭窄的小径，似乎不能通向任何地方。

"是她……是她帮了我。"我喃喃道，眩晕感还在加重。

"这个世界已经够奇妙了，你就别再创造幻想了。"佩特鲁斯边说边走上前来，伸手将我扶住，"她从卡尼亚斯的一座修道院来，离这儿大概五公里远。你当然看不到她。"

我的心仍怦怦直跳，我确信自己要大病一场了。想到这里，我心中一惊，既说不出话来，也无力去深究。我坐在地上，佩特鲁斯往我的额头和脖颈上洒了些水。我想起那天从老妇人家里出来时，他也是这么做的，不过那时我一直在哭喊，而且自我感觉不错，现在却恰恰相反。

佩特鲁斯让我好好休息一会儿。泼在身上的水使我振作了些，恶心感逐渐消退，一切又慢慢恢复正常。等我缓过一点劲儿来，佩特鲁斯说要走走，我同意了。我们刚走了大约十五分钟，疲惫感又卷土重来。我们只好坐在一根圆柱旁。柱子是中世纪风格的，上面耸立着一个十字架。这是圣地亚哥之路某些路段的标志。

"恐惧对你造成的伤害比那只狗造成的要严重得多。"我歇着时，佩特鲁斯对我说。

我想知道为什么会有这样一场荒唐的遭遇。

"无论是在生活中，还是在圣地亚哥之路上，总会发生一些不由我们掌控的事情。第一次见面时我就对你说过，从那个吉卜赛人眼里读出了魔鬼的名字，并且告诉你以后还会碰见它。虽然知道这魔鬼竟是只狗，让我很吃惊，但当时我什么也没说。直到进了老妇人的家门，也就是你第一次表现出'噬人之爱'时，我才亲眼看到了你的敌人。

"赶走狗之后，你并没有置它于某种境地。什么也没失去，但一切都变了，不是吗？你没有像耶稣那样，将魔鬼扔进猪群，让它随猪群坠下悬崖。[1]你只是赶走了它。现在这股力量

---
[1]在《圣经》中，《马可福音》《马太福音》和《路加福音》对此均有记述。

茫然地飘荡着，一路尾随着你。在找到剑之前，你先得决定，做这股力量的奴隶还是主人。"

疲惫感渐渐消失。我深吸了一口气，背靠着冰凉的石柱。佩特鲁斯给我喝了些水，继续说下去：

"人们失去对地球上各种力量的控制时，便会有魔鬼缠身。吉卜赛人的诅咒让老妇人心怀恐惧，正是这恐惧打开了一个缺口，让死者的信使进入。这件事并不寻常，但也不稀奇。它很大程度上取决于你如何应对他者的威胁。"

这回我想起了《圣经》里的一段话。《约伯记》里这样写道："因我所恐惧的临到我身；我所惧怕的迎我而来。"[①]

"如果你不接受威胁，威胁便无所作为。在打'善战'时，永远别忘了这点。同样也别忘记，进攻和逃跑都是战斗的一部分。但被吓得手足无措可算不上是战斗。"

可当时我并不感到害怕。我自己也颇为惊讶，于是告诉了佩特鲁斯。

"这我知道，否则狗会发起攻击，而且我敢肯定它会在搏斗中获胜，因为它不害怕。不过，最有趣的当属那个修女的出现。当你察觉到某种积极的元素出现时，你那丰富的想象力便判定有人来帮你了。正是这个信念拯救了你，尽管它完全建立在误会的基础上。"

---

① 《约伯记》3：25。

佩特鲁斯说得没错。他哈哈大笑起来，我也跟着笑了。我们站起来重新上路。此时我已感觉良好，身轻体健。

"但是，你还需要知道一件事。"佩特鲁斯边走边说，"你与狗的决斗，只有一方获胜才能结束。它会再次出现，而你得与它决战到底，否则，它会扰得你后半生不得安宁。"

佩特鲁斯说遇到吉卜赛人时他便知道了魔鬼的名字。我便问它叫什么。

"它叫'群'。"[①]佩特鲁斯答道，"因为附着它的魔鬼多。"

我们走过一片片待耕的田野。田地里，处处都有农民在操作简陋的水泵，与干旱的土壤进行着绵延多个世纪的抗争。圣地亚哥之路的沿途，石头垒起的矮墙接连不断，在田间纵横交错。这里的田地虽说已有好几百年的耕种历史，但总有石头露出，或是磕破了犁刃，或是绊跤了马腿，或是让农夫的手心磨出老茧。这场人与自然的抗争每年都要重新开始，却永远不会结束。

佩特鲁斯比往常都要沉默，我这才想起来，从早晨到现在他一句话都没多说。自从在中世纪石柱下与我谈过话后，对我的大部分提问，他都沉默不语。我还想多了解些"魔

_____

①上文所述耶稣将魔鬼扔进猪群的故事中，耶稣曾问魔鬼名叫什么，魔鬼答道："我名叫群。"参见《路加福音》8:30。

鬼多"是怎么回事，毕竟以前他曾告诉我，每个人都只有一个信使。但此刻他好像不太愿意说话，还是等到恰当的时机再问吧。

我们爬上一个小斜坡，快到坡顶时，我已经能望见圣多明各－德拉卡尔萨达主教堂的塔楼了。这让我精神一振，不禁想象国家旅社的种种舒适与妙处。我以前在书里看到过，那旅社正是圣多明各亲自建造，专门为朝圣者提供住宿之便的。阿西西的圣方济各前往圣地亚哥时，也曾在那儿过夜。想起来我就激动不已。

快到晚上七点时，佩特鲁斯说要歇一歇。我想起在隆塞斯瓦勒斯的那段经历，他让我极慢极慢地走过那段路，而我那会儿一心只想喝杯酒暖暖身子。我怕他现在又要做这种事情。

"信使不会帮助一个人打败另一个人。就像我以前告诉过你的，信使既不好也不坏，但他们之间彼此忠诚。别想靠你的信使击败那只狗。"

现在轮到我不想谈论信使了。我只想尽快到达圣多明各。

"如果有人被恐惧控制，死者的信使便会占据他的身体。这只狗身上之所以有很多个魔鬼，是老妇人的恐惧招来了他们。不仅是被杀害的吉卜赛人的信使，还有其他在空中飘荡的信使，他们都试图以某种方法和大地上的各种力量建立联系。"

他现在才算回答了我的问题。但他说话的方式有些不自然，好像原本要跟我说的并不是这个。出于直觉，我立即提高了戒备。

"你想说什么，佩特鲁斯？"我有点生气地问道。

我的向导并未作答。他离开我们走的大路，向几十米外田野中的一棵老树走去。这棵树几乎掉光了叶子，方圆数里也只有这一棵树。他没示意我跟过去，我就站在路上没动。接着我目睹了十分怪异的一幕：佩特鲁斯盯着地面，绕着老树转起圈来，口中高声念着什么。结束后，他做了个手势让我过去。

"坐在这儿。"他说。他的语调有些异样，我听不出那是亲切还是同情。"你先留在这儿。明天我与你在圣多明各－德拉卡尔萨达会合。"

我还没来得及说什么，佩特鲁斯继续说道：

"今后的几天里，我保证不是今天，你随时都可能再次遭遇圣地亚哥之路上你最重要的敌人——那只狗。到时候，你要冷静，我会在你附近，并在战斗中助你一臂之力。但是今天，你要面对另一个敌人，一个空想出来的敌人，它可能会毁了你，也可能成为你的最佳伴侣。那就是死亡。

"大自然的万千生灵中，只有人类知道自己终有一死。因此，而且仅仅因为这一点，我对人类怀有深深的敬意，并相信人类的未来会远远好过现在。即便知道来日无多，一切终将在始料未及的时候化作虚无，人类还是会战斗不息，赋予生命不朽的尊严。那些被人们称作'虚荣'的东西，作品传世、繁衍后代、名垂青史、流芳百世，在我看来都是人类尊严的最高体现。

"但人类同时又很脆弱，虽知道自己终有一死，却百般逃避，不肯面对。人类不知道，正是由于死亡的推动，他们才能见证生命中最美好的事情。人类害怕黑暗、恐惧未知，以为忘却余生有限才能克服这种恐惧。殊不知人如果意识到死亡，会变得更加勇敢，会在对日常生活的征服中前进得更远。既然连死亡都不可避免，就没什么好失去的了。"

在圣多明各过夜的想法已渐渐远去。我专注地聆听着佩特鲁斯的话。前方的地平线上，太阳正在慢慢退去。也许它也听到了这段话。

"死亡是我们重要的伴侣，是它赋予生命真正的意义。但是，为了见到它的真实面目，我们得先理解'死亡'这个词在人们心中制造的不安、唤起的恐惧。"

佩特鲁斯坐在树下，让我也照做。他说刚才他围着树干绕圈，是因为记起了自己去圣地亚哥朝圣时的一切。然后，他从包里掏出午饭时买的两个三明治。

"你现在所在的地方没有危险。"他边说边递给我一个三明治,"既没有毒蛇出没,也不会有那只狗跑回来攻击你,因为它还没忘记早上的失利,更不会有什么杀人放火的歹徒。总之你现在的处境绝对安全,只有一样危险除外——你的恐惧。"

佩特鲁斯说两天前我体会到的"噬人之爱",同死亡一样强烈迅猛。当时我一刻也不曾犹疑,一刻也不曾恐惧,是因为我对这种普世之爱毫无先入之见。但是对待死亡,我们所有人都是抱有先见的,不知道它只是博爱的又一种呈现形式。我告诉他,经过多年的魔法训练,我对死亡几乎无所恐惧。事实上,死亡的方式比死亡本身更让我害怕。

"既然如此,今晚你就要尝试到最可怕的死亡方式。"

随后佩特鲁斯教了我活埋灵操。

"这套灵操你只能做一次。"他说道。我却想起了一种戏剧训练法,跟这个倒很相似。"你需要袒露全部的真诚,唤醒所有的恐惧,好让这套灵操进入你内心深处,撕下恐惧的面具,露出死亡本身的温柔面容。"

佩特鲁斯站起来,落日的余晖映衬着他的身影,让仍在原地坐着的我觉得他形象威严,高大无比。

"佩特鲁斯,我有一个问题。"

"什么?"

活埋灵操

躺在地上，身体放松。双手交叉于胸前，呈死者姿势。

仿佛明天就要举行你的葬礼一般，想象你被入土埋葬的细节。唯一的区别在于你是活着入土。随着葬礼的进行——教堂仪式，抬往墓地，棺木入土，蠕虫爬满全身，你的肌肉越绷越紧。你拼命挣扎，却动弹不得。你终于无法忍受，挺起身子冲破棺木，深深地呼吸，重获自由。挣脱时如果伴有一声发自肺腑的呐喊，效果更佳。

"今天早晨你出奇地沉默，还预感到狗的出现。这是怎么做到的？"

"共同体验'噬人之爱'时，我们也便分享了'绝对存在'。'绝对存在'向所有人展示他们真实的模样，它是一张巨大的因果之网，每个人每个微小的动作，都能对他人的生活产生影响。今天早上，这段'绝对存在'的残片依然强烈地存于我心中。我不仅看见了你，也不受时空的限制，看见了世间的万事万物。现在，这股效力已经减弱，只有下次体验'噬人之爱'时才会重来。"

我回想着早晨他心情不好的样子。如果他所言不虚，那么这个世界应该正在经历一个极其困难的时刻。

"我在国家旅社等你。"他说着走了，"我会把你的名字留给前台的。"

我目送他远去，直至消失。左侧的田野中，农民们已经干完活回家了。我决定等到天色全黑再开始练习灵操。

我很平静。自从踏上神奇的圣地亚哥之路，这还是我第一次独处。我站起来，在附近转了转。天黑得很快，我决定及早回到树下，以免迷失了方向。在天色全黑之前，我目测了一下从树下到大路间的距离。这样即便只借着刚升起的那弯细长新月的微光，我也能看清道路，走到圣多明各。

直到此刻，我仍然没有感到一丝害怕，我想或许只有极为丰富的想象力,才能唤起我心中对死亡的恐惧。但是,无论人活到多大岁数,一旦夜幕降临,儿时隐藏于心中的恐惧就会随之出现。天色越黑,我越发感到不安。

我独自待在这田野,即便大喊大叫,也不会有任何人听见。我想到今天早晨自己差点晕了过去,这辈子我还从未如此失控过。

如果当时我死了呢?那么生命就结束了,这是最合乎逻辑的结论。在研习"传统"的这些年里,我和许多幽灵交谈过。我对人死后仍有生命坚信不疑,但从未想过从生到死的过渡如何实现。无论人做了多少准备,从一个空间转入另一个空间,想想还是极为可怕。举例来说,假如今天早上我就死了,那么圣地亚哥之路、多年的寒窗苦读、对家人的朝思暮想,还有我腰包里藏的钱都将毫无意义。我想起在巴西的办公桌上养的一株植物,它会继续生长,就像别的植物一样。公共汽车照旧往来穿梭,街角那个卖菜总是比别人贵的小贩依然天天出摊,告诉我电话号码的查号台小姐仍会日复一日地工作。如果今早我就死去,这微不足道的一切都将消失。但突然间,这些细微的事物显示出非凡的意义。恰恰是它们而不是天上的繁星和人类的智慧告诉我,我还活着。

天色已经很暗了,地平线上只有微弱的城市灯火。我躺在地上,凝视头顶大树伸出的枝条。我听见一些奇怪的声音,其中混杂着各种声响，是夜行动物出巢猎食了。佩特鲁斯不可能什么都了解，毕竟他和我一样也是肉眼凡胎。谁能保证这里没有毒蛇出没？兴许那些从未在欧洲灭绝的狼群闻到了我的气味，今晚正打算来这儿转转？忽然一声响，像是树枝断裂的声音，我的心怦怦直跳。

我变得紧张起来，心想最好还是赶快做完灵操，之后去旅馆投宿。我放松身体，两手交叉于胸前，呈死去的姿态。但旁边有什么东西动了一下，我立刻跳了起来。

什么也没有。黑夜侵入万事万物，为人类带来了恐惧。我重新躺下，决定把所有恐惧都化作修炼的动力。尽管气温下降了不少，但我发现自己在出汗。

我想象着棺盖慢慢合上，螺丝钉各入其位。我动弹不得，但还活着。我想告诉家人，我什么都能看见，我很爱他们，但发不出半点声响。我的父母在哭泣，朋友们围绕着我，而我却孤身一人！那么多至亲陪在身边，却没有一个人知道我还活着，我还没有做完在人世间想做的一切。我拼命想睁开眼，重重敲一下棺盖，给他们一个信号。但浑身上下丝毫不能动弹。

棺材开始摇晃，人们正把我抬往墓地。我听见戒指与铁环相撞的声响，听见身后众人的脚步声，还有不时的交谈声。有人说他稍后要去赴一个晚宴，又有人说我真是英年早逝。围在头顶的花朵散发出阵阵香气，我感觉自己快要窒息了。

我想起自己一生中曾有两三次放弃求爱，因为害怕遭到拒绝。我又想起有好几回我放弃了想做的事情，因为觉得可以日后再做。我深深地怜悯着自己，不是因为我正被活埋，而是因为我曾害怕生活。如果活着时最重要的事是充分享受生命，那么何必要害怕被拒绝，何必要把某些事情留待日后去做呢？现在我被困在棺中，想回到过去表现出应有的勇气，已经太晚了。

我困在棺内，成为自己的犹大，出卖了自我。我困在棺内，一块肌肉也动弹不得，只能在心中高喊救命。而外面的人们正沉浸在各自的生活里，他们盯着我再也见不到的雕像和高楼，发愁晚上该干些什么。一股极不公平的感觉袭上心头，我被下葬，其他人却还活着。如果这是一场浩劫，大家都在同一条船上，所有人都在驶向我正通往的黑暗终点，我的感觉还会好些。可是我还活着。救命啊！我没死，我的大脑还有思维！

我的棺木被放在了坟墓旁。他们要埋葬我了！妻子会把我忘却，再找个人结婚，把我们共同奋斗多年挣来的钱财挥霍一空！但那又有什么关系？我现在只想和她在一起，因为我还活着！

我听见有人在哭泣，感觉自己眼中也有泪水滑落。如果他们现在打开棺木，就能看到我，把我救出去。但我只觉得棺木在下沉。忽然，我眼前一片漆黑。之前还有一束光线从棺木边缘透进来，而现在只有完完全全的黑暗。掘墓人开始用铲子往墓里填土，但我还活着！活着被埋葬！空气越来越沉重，花香越来越令人难以忍受，我听见人们即将离去的脚步声。我仍旧一动也不能动，恐惧极了。如果他们现在就离开，在很快就要来临的夜晚，我再怎么敲打棺盖也没人听得见了！

脚步声渐去渐远，没有人听见我心中的喊叫，我真正成了孤身一人。无尽的黑暗、窒闷的空气和花的气味开始令我疯狂。突然间，我听见一种声音。是几条蠕虫正向我靠近，要把我生生吞食。我用尽全力挣扎，但仍然动弹不得。黏糊糊、冷冰冰的蠕虫爬上我的身体。它们爬过我的脸，钻进我的裤子。有一只爬进了我的肛门，另一只开始往我鼻孔里钻。救命啊！我正被生吞，却没有人能听见，也没有人对我说句话。钻进鼻孔的那只顺着喉咙一路往下，还有一只钻进了我的耳朵。我要离开这儿！上帝在哪里？他为什么也不回应我？蠕虫已经在噬啮我的喉咙，我再也叫不出声来了！耳洞、嘴角、尿道，这些黏滑的恶心东西正在我体内蠕动，我要喊出来，我要逃出去！我被困在漆黑冰冷的墓穴里，孤身一人，正在被活活吞食！这里的空气快要耗尽，蠕虫正在把我吃掉！我要动一动，我要打破这具棺材！上帝啊，让我汇聚起所有的力量吧，我必须动起来！我要离开这具棺材！一定要！我要离开！我要离开！

我成功了！

棺材的木板四下飞散，墓穴消失了，圣地亚哥之路上的纯净空气进入我的胸腔。我从头到脚都在发抖，浑身是汗，五脏六腑似乎都要散了。不过这都没关系，重要的是我还活着。

我的身体抖个不停，但根本不想去控制它。巨大的沉静涌进我的内心，我感到身旁有什么东西。扭头看去，我发现了死亡的面容。它不是我刚才经历的死亡，不是恐惧与想象的创造，而是真正的死亡，是我的朋友与顾问。在我的余生里，它不会再让我怯懦，一天也不会。从现在起，它对我的帮助将超过佩特鲁斯的援手与劝诫。它不再允许我把现在能做的事情留到以后。它不让我逃避人生中的战斗，还会帮助我去打"善战"。我做任何事情，都不会觉得自己荒唐可笑，一刻也不会。因为它就在那里，告诉我当它拉着我的手通往另一个世界时，我不能再背负那最重的罪孽：悔恨。我感受着它坚定的存在，看着它温柔的面庞，确信自己将开怀畅饮生命的泉水。

黑夜不再有秘密，也不再有恐惧。这是幸福的夜晚，也

134

是平静的夜晚。等到身体不再发抖，我便站起身，向农夫们的水泵走去。我洗干净一直穿在身上的裤子，从包里拿出一条新的换上。然后我回到树下，吃完了佩特鲁斯留下的三明治。那真是世间最美味的食物，因为我还活着，而死亡再也吓不倒我。

　　我决定今夜就睡在这里。黑暗从未像现在这般安宁。

个人恶习

　　我们来到一片辽阔的田野上，田里整整齐齐地种着麦子，一直延伸至远方的地平线。一根中世纪的柱子打破了这单调的景色，柱子顶端竖着个十字架，标记着朝圣者要走的路。佩特鲁斯走到柱前，把包卸在地上，跪了下来。他让我也这样做。

　　"我们来祈祷吧。当一个朝圣者找到剑后，只有一样东西能击败他：个人恶习。我们就为此祈祷。无论向名师高人学了多少剑法，你自己的一只手都会成为你最大的敌人。让我们祈祷你用正确的那只手来使剑，免得在众人面前出丑。"

　　时间是下午两点。四下寂静无声，佩特鲁斯开始祈祷：

　　"主啊，请怜悯我们，因为我们是去往圣地亚哥的朝圣者，也许这已是一项恶习。请无限怜悯我们，不让知识与我们自己作对。

"请怜悯自怜自艾的人，他们自以为是，认为生活不公，认为不该遭受发生在自己身上的事。因此，他们永远不会投身'善战'。怜悯对自己残忍的人，他们只在自己的行为中看到罪恶，认为应对世界的不公负有罪责，因为他们不知道您的律法：'就是你们的头发也都被数过了。'[①]

　　"请怜悯发号施令的人，怜悯工作多时的人，他们牺牲了很多，却只换来一个到处关门无处可去的星期日。怜悯行圣洁之事的人，他们超越了自己疯狂的界限，最终不是负债累累，就是被亲兄弟钉在十字架上。因为他们不知道您的律法：'你们要灵巧像蛇，驯良像鸽子。'[②]

　　"请怜悯可以征服世界，却从不投身内心'善战'的人，也怜悯在自己的'善战'中获胜，却流落街头身陷生活牢笼的人，因为他们无力征服这个世界，因为他们不知道您的律法：'凡听见我这话就去行的，把房子盖在磐石上。'[③]

　　"请怜悯害怕拿起钢笔、画笔、乐器或工具的人，因为他们觉得在那座奇妙的艺术殿堂里，早已有人做得更好，而自己不配走进。但也请怜悯抓起了钢笔、画笔、乐器或工具，却将灵感表现得庸常俗气的人，虽然他们自以为比别人高明，

[①] 《马太福音》10:30。

[②] 《马太福音》10:16。

[③] 《马太福音》7:24。原文为："所以凡听见我这话就去行的，好比一个聪明人，把房子盖在磐石上。"

因为他们不知道您的律法：'掩盖的事，没有不露出来的；隐藏的事，没有不被人知道的。'①

"请怜悯丰衣足食却备感不幸和孤单的人，也怜悯进行斋戒却处处指手画脚自视圣洁、四处宣传您名字的人，因为他们不知道您的律法：'我若为自己作见证，我的见证就不真。'②

"请怜悯畏惧死亡的人。他们不知自己已走过众多的王国，经历过多次死亡，他们整日郁郁寡欢，只因认定有一天一切都将结束。但也请怜悯经历过多次死亡、如今认为自己永生的人。因为他们不知道您的律法：'人若不重生，就不能见神的国。'③

"请怜悯用爱的丝带将自己束缚的人。他们自以为占有了某人，于是妒火难消、自饮毒药、自我折磨，因为他们看不到爱是会变的，就像风，像其他的一切。但也请怜悯对爱畏惧得要死的人，他们以一种大爱之名拒绝了爱，因为他们不知道您的律法：'人若喝我所赐的水，就永远不渴。'④

"请怜悯将宇宙概括为一个原理、将上帝简化为一副魔药、将人降格为一种仅需满足基本需求的生物的人，因为他们听不见天宇间的乐曲。但也请怜悯盲目信仰，在实验室里忙着

---

① 《马太福音》10:26。
② 《约翰福音》5:31。
③ 《约翰福音》3:3。
④ 《约翰福音》4:14。

化汞为金，或是扎进书堆去了解塔罗牌的奥秘、探寻金字塔魔力的人，因为他们不知道您的律法：'凡要承受神国的，若不像小孩子，断不能进去。'[①]

"请怜悯目中无人的人。对他们而言，世上只有自己，他人不过是马路边、车窗外模糊又遥远的布景。他们把自己锁在顶楼的空调办公室，默默忍受着权势的孤独。但也请怜悯与世无争、心慈面善的人，他们以为只用爱便能战胜邪恶，因为他们不知道您的律法：'没有剑的要卖衣服买剑。'[②]

"主啊，请怜悯我们吧。我们正在找寻你许诺的剑，并斗胆使用它。我们遍布世界各地，神圣纯洁又罪孽重重，因为我们也不认识自己。常常自以为穿着衣服，却赤身裸体；自以为犯下罪过，却救了别人。我们挥舞着的宝剑由天使之手与魔鬼之手共同抓握，这一点您万勿忘记。我们正活在世间，并将继续活在世间，我们需要您。我们需要您的律法：'我差你们出去的时候，没有钱囊，没有口袋，没有鞋，你们什么也不缺。'[③]"

佩特鲁斯停止了祈祷，周围又归于一片寂静。他正目不转睛地看着我们四周无尽的麦田。

---

① 《路加福音》18:17。

② 《路加福音》22:36，原文为："没有刀的要卖衣服买刀。"

③ 《路加福音》22:35，最后一句原文为："你们缺少什么没有？"

征　服

　　这天下午，我们来到圣殿骑士团的一座古堡遗址。坐下来歇息时，佩特鲁斯照旧抽起了他的卷烟，我则喝着午饭剩下的红酒。观望四周，几间农舍，古堡塔楼，绵延起伏的田野，犁开待耕的土地。忽然，我的右侧出现了一位牧人，他正赶着羊群经过城墙遗址回家去。瑰红的天色，加上羊群扬起的尘土，眼前的景色变得模糊，如梦如幻。牧人挥手向我们致意，我们也挥手还礼。

　　羊群从我们面前经过，继续前行。佩特鲁斯站起身来。此情此景真叫人难忘。

　　"走吧。咱们得加快速度了。"他说道。

　　"为什么？"

　　"因为我就是这样说的。再说，你不觉得我们已经在圣地亚哥之路上待了很久了吗？"

但有什么告诉我，他的匆忙与这幕牧人和羊群的奇幻景象有关。

两天后，我们到了南部高耸的群山脚下，单调的景色终于被打破，不再是一望无际的麦田。虽说地貌起起伏伏，但若尔迪神父所说的黄色标记依然清晰可见。然而佩特鲁斯渐渐偏离了黄色标记，一直向北走去，而且不向我作任何解释。我提醒他注意方向，他却干巴巴地说他才是向导，知道要把我引往何处。

半个小时后，我渐渐能听到一种类似瀑布哗哗而下的声音。看着四周阳光暴晒的田野，我不禁开始想象那声音到底是什么。我们越往前走，声音越大，最终我确信那就是瀑布。可奇怪的是，四周既不见山也不见水。

当我们爬上一个小坡后，一件大自然的华美杰作终于露出了真面目：平地陡然向下凹陷，深度足以盖一座五层楼高的房子，一道水帘飞流直下，奔向地心。不同于我脚下，这个洼地边缘草木繁盛，镶饰着一泻而下的瀑布。

"我们从这儿下去。"佩特鲁斯说道。

向下进发时，我不禁想起了儒勒·凡尔纳的小说，因为我们仿佛在向地心走去。那坡极陡，我不得不抓着带刺的树枝和锋利的石块，以免不慎滑落。到达洼地底部时，我的手脚已是伤痕累累。

"真是鬼斧神工啊。"佩特鲁斯赞叹道。

我应声附和。这是荒漠中的一片绿洲。茂密生长的植物，水滴形成的彩虹，不论仰观还是俯瞰都无比美妙。

"大自然在这里显现出自己的力量。"他说道。

"没错。"我表示同意。

"也该让我们展示一下力量了。我们要爬上这道瀑布。"我的向导说道，"从水中爬上去。"

我再次审视了一番眼前的景象。这次我看到的不再是美丽的绿洲，大自然的鬼斧神工之作，而是一面至少十五米高的巨墙。水流奔泻而下，水声震耳欲聋。瀑布底端聚成一汪水潭，深度不及一人高，因为水流奔腾咆哮着涌向了另一个洞口，那里通往更深处。巨墙上没有一处可供抓蹬的地方，如果不慎坠落，浅浅的小湖丝毫不足以缓冲冲力。我面对的是个根本不可能完成的任务。

我想起了五年前发生的一幕，那是一个极其危险的仪式，像这次一样，我必须爬上一座山。师父给了我选择的机会，让我决定继续还是放弃。那会儿我年轻气盛，一心痴迷于种种魔力和"传统"中的各类神迹，所以决定继续。我需要展现自己的勇敢无畏。

将近一小时后，我来到了最难爬的一段。忽然起了一阵强风，我不得不用尽全力抠住一块石面，撑住自己，以免掉下去。随后我闭上眼，指甲几乎嵌进了石缝，等待着更糟的事情发生。出乎意料的是，有人扶住了我，把我转移到一个舒适安全的位置。我睁开眼，师父就在我身边。

他在空中比画了几下，风突然间停了。之后，他以出奇敏捷的身手下到了山底，有一会儿甚至是完全腾空。他让我也照做。

我双腿打着颤，好不容易爬下了山。我生气地问他，为什么不在起风前就将风止住。

"因为是我让风吹起来的。"他答道。

"你想害死我吗？"

"我是为了救你。你不可能爬上这座山。当初我让你选择，不是在考验你的勇气，而是在考验你的智慧。我没给你命令，是你在命令自己。"师父说道，"如果你也会腾空，那就没有任何问题。需要你动用智慧的时候，你非要逞匹夫之勇。"

那天，他跟我提起那些寻求启示过程中走火入魔的法师的名字，他们无法分清自己的法力与弟子的法力。我认识一些"传统"领域的伟大人物，知道有三位大法师，其中包括我的师父，他们对物质世界的控制能力远远超出任何人的想象。我目睹过他们施行神迹，预言未来，洞悉前世。马岛战争前的两个月，我的师父就预言阿根廷人将侵占马尔维纳斯群岛。①他甚至能描述出一些细节，并用星相学解释了战争的起因。

但是从那天起我也开始注意到，正如师父所言，有些魔法师在"启示过程中走火入魔"。这些人和师父没什么区别，也拥有同样的能力。我见过其中一个，意念高度集中时能在十五分钟内让一粒种子发芽。但这个人——还有其他一些——让很多徒弟陷入疯狂绝望，要么进了精神病院，要么有过自杀史。这些师父被列入"传统"的黑名单，但没人控制得了他们，据我所知，时至今日，其中许多人还在我行我素。

望着那道难以攀爬的瀑布，这些往事片刻间闪过我的脑海。我回想起和佩特鲁斯一起赶路的日子，想起向我发起攻击、我却毫发无伤的狗，想起佩特鲁斯对饭店小伙计的愤怒和失态，想起他在婚宴上的醉态。我能记起的只有这些。

"佩特鲁斯，我无论如何也爬不上这道瀑布。原因只有一个——不可能。"

他什么也没说，在一块草地上坐了下来，我也跟着坐下。有一刻钟的光景，我们都没有说话。他的沉默让我放松了一些，于是我说道：

---

① 1982 年 4 月至 6 月间，英国和阿根廷为争夺马尔维纳斯群岛主权进行了一场局部战争。

"佩特鲁斯，我不想爬这道瀑布，我会摔下来的。我知道自己不会死，因为目睹死亡面容的那天，我看到了它降临的时刻。但我会摔下来，折了腿，下半辈子就残废了。"

"保罗，保罗……"他看着我，冲我微笑。他完全变了个人，声音里透着那"噬人之爱"，双眼光芒闪耀。

"你又想说，我这是在违背起初立下的服从誓言吗？"

"你并没有违背誓言。你只是恐惧，并非懒惰。你不应该认为我在给你下一道无用的命令。你不想爬，是因为想到了那些黑魔法师①。行使自己的决定权并不等于违背誓言。朝圣者从不被剥夺这一权利。"

我望望瀑布，又转头看看佩特鲁斯。我在心里估算着爬上去的可行性，但还是觉得不可能。

"注意，"他说道，"我先爬，不使用任何'天赋'。我会成功的。如果我能办到，你就必须照做。这样，我就取消了你的决定权。如果之后你仍拒绝，那就算是违背誓言了。"

佩特鲁斯开始脱鞋。他至少比我年长十岁，如果他都能爬上去，我就无话可说了。我看着那瀑布，只觉得小腹阵阵发凉。

①"传统"中，该名词专指那些与徒弟失去魔法联系的师父，正如前文所述。也指那些掌握了地球之力便中断了学习进程的师父。——原注

可是他并没有动。虽然脱了鞋子，他仍坐在原地，看着天空说道：

"一五〇二年，在离此地几公里的地方，圣母曾向一个牧羊人显灵。今天正是'朝圣之路的圣母节'，我要向圣母奉上一场征服。我建议你也这么做。但不要奉上你脚底的疼痛，或是手上的划痕。人们只知道拿疼痛来赎罪。这无可厚非，但我相信除了痛苦，人类还能献上他们的快乐，圣母会为此欣喜的。"

我什么也不想说，仍在怀疑佩特鲁斯能否爬上这面巨墙。我觉得这一切都太荒唐了，而他实际上是想把我绕进去，好强迫我去做自己不想做的事。由于心中疑窦重重，我闭上了眼睛，向"朝圣之路的圣母"祈祷。我许诺如果佩特鲁斯能爬上那面巨墙，他日我一定重游此地。

"到现在为止，你必须将学到的一切付诸实践，否则便毫无意义。你要记住我曾无数次对你说，圣地亚哥之路属于普天下的芸芸众生。无论是在圣地亚哥之路还是人生路上，智慧只有在帮助我们克服某些阻碍后，方才显现出价值。

"如果没有钉子要钉，锤子就没有存在的意义。即便有了钉子，如果锤子一心只想'我三两下就可以把钉子敲进去'，它依然毫无意义。锤子必须行动起来，要把自己交到主人手上，才能让自己有效地被利用。"

我想起了师父对我说过的话：剑必须常常使用，否则它会在鞘中生锈。

"这道瀑布，就是你用上所学的一切的地方。"我的向导说道，"你已经有一样有利条件，知道自己的死期，所以决定要在何处落脚时，不会僵在原地惊慌失措。但必须记住，你要与水互相合作，在水中创造一切必要条件，一旦有什么坏想法袭上心头，就用指甲掐自己的大拇指。

"而最重要的是，向上攀爬的每分每秒，你都要把自己支撑在'噬人之爱'上，正是它在引导并评判你的每一步。"

佩特鲁斯不再说什么。他脱下衣裤，赤身裸体，纵身跳进了冰冷的水潭。浸在水中的他向天空张开双臂。我看得出他很开心，正享受着湖水的清凉，欣赏着我们周围点点水滴形成的道道彩虹。

"还有一件事，"在钻进水帘前，他说道，"这道瀑布将教会你如何成为师父。我开始爬了，但这道水帘会把你我隔开，所以我爬的时候，你也许看不清我都在哪里放手、哪里落脚。

"同样，一个徒弟永远不能模仿向导的步伐，因为每个人都有自己看待生活、对付困难、完成征服的方式。教只是告诉你可行，学才让它成为可能。"

他就说了这么多，接着便越过水帘开始攀爬。我只能看见他的轮廓，就好像透过毛玻璃看人。但我看得出，他正在向上爬，虽然很慢，但异常坚定。他越接近终点，我越是害怕，因为紧接着就要轮到我了。终于，最恐怖的一刻来临了：从哗哗奔流的瀑布中钻出来。水流的力量很可能会将他冲落，但他还是从顶端冒出了头，泻下的水帘变成了银色的斗篷。这一幕很短暂，因为他飞快地纵身一跃，抓住上面的什么东西，跳了上去，不过身子还在水里。之后我就看不见他了。

最终，佩特鲁斯出现在了顶端。他浑身湿透，沐浴着阳光，向我微笑。

"来吧！"他挥着手对我喊道，"现在轮到你了。"

现在轮到我了，否则我要永远放弃我的剑。

我脱掉了所有衣服，再次向"朝圣之路的圣母"祷告，然后一头扎进水里。湖水冰凉彻骨，令我浑身发僵。但很快，我就感受到一种活着的愉悦。我没多想，径直向瀑布走去。

水流打在我头上，我又产生了一种"现实感"。在这个最需要信念与力量的时刻，这种感觉使人脆弱。我明白，这道瀑布比我想象的还要强大。如果水流是打在胸口，即便我两脚稳稳地踩在湖底，也会被冲得人仰马翻。这时我穿过了水帘，来到瀑布与石壁之间。这里空间狭小，只容我紧贴着岩壁。但从这儿向上看，这个任务比我之前想的容易许多。

水冲不到这里来。从外面看，这面石壁光滑无比，实际上布满了坑洞。这样的石壁我爬过几十次，但刚才只因为害怕它是块光滑的岩石，就差点放弃了剑，想想就后怕。我仿佛听到佩特鲁斯在对我说："看到没？一旦难题解决，你就会发现这不过是小菜一碟。"

我的脸紧贴着湿润的石壁，开始向上攀爬。不到十分钟，我已接近终点。现在只差最后一步：翻到顶端去，也就是瀑布开始流泻的地方。迈过这一小步，我就能重见天日，如果没能成功，我一路攀爬赢得的胜利将功亏一篑。危险就在这里，而我先前并没有看清佩特鲁斯是如何成功涉过的。于是我再次向"朝圣之路的圣母"祈祷。这位圣母的名字我闻所未闻，此刻却寄托了我全部的信念和对胜利的渴望。我小心翼翼地将头发探进水里，然后是整个脑袋。水流咆哮而过。

水裹住我的全身，模糊了我的视线。我感到了它的冲击力，双手紧紧抓住岩石，低下头，形成一个可以呼吸的空间。现在我完全信任自己的双手双脚。这双手曾握过一把古老的宝剑，而这双脚已走过神奇的圣地亚哥之路。它们是我的朋友，正在帮助我。即便如此，水声依然震耳欲聋，我感到呼吸有些吃力，但下定决心要冲出这水流。几秒钟的时间里，周围的一切变得漆黑。我竭尽全力保持住平衡，握紧了石块上的凸起处。但嘈杂的水声仿佛要把我带往别处，一个神秘又遥远的地方。在那里，这儿的一切都无足轻重，我只要屈服于眼前这股冲击力就可以到达。在那里，我不再需要付出超人的努力，让手脚牢牢攀住岩石，那里只有解脱与平静。

但是，我的手脚并不想屈服，它们终于抵挡住了致命的诱惑。我的头慢慢露出了水面，就像刚进入时一样。而我的心充满了深深的爱，是对自己身体的爱。它在这场疯狂的冒险中帮助我穿过瀑布，去寻找一把宝剑。

我的头完全露出了水面，看到太阳在头顶闪耀，我深深地吸了一口气。这让我有了新的活力。我环视四周，几厘米之外的地方正是我们来时走过的平地，这场战斗的终点。一股强烈的冲动让我想一跃而上抓住什么，但由于水流的原因，我看不到有什么地方可以攀附。虽说一鼓作气的冲动十分强烈，但完成这场征服的时刻还没有到来，我必须控制自己。我正处在整个攀岩过程中最艰难的阶段，水流冲打着胸口，拼命要把我压回地面，回到我为了梦想鼓起勇气出发的地方。

现在不是想念师父和朋友的时候，更不是左顾右盼、期望佩特鲁斯在我失足之时救我一把的时机。"这道瀑布，他大概爬过无数次了。"我心想，"他应该明白，此时的我几近绝望，是多么需要帮助。"但他竟然弃我而去。也许他并未弃我而去，正在我身后，但我不能回头，否则就会失去平衡。我必须独自完成我的征服。

我站稳双脚，一只手仍紧抓岩石，同时腾出另一只手探进水里，感应那水流。这只手无力抗争，因为此刻我已使出了全部力气。它清楚这一点，像一条顺水而动的鱼，知道自己要去哪里。我想起了小时候看的一部电影中鲑鱼跳上瀑布的场景，它们也有目的，并想要实现。

我的手臂借着水势缓缓抬起，终于探出了水面。现在要靠它摸索到一个支撑点，来决定我身体其他部分的命运。就像电影里的鲑鱼一样，这只手插入平地上方的水流，寻觅着，好让我完成最后一跃。

虽说那岩石已被水流冲刷打磨了千百年，但还是有坑洼之处。既然佩特鲁斯能做到，那么我也可以。我开始感到剧烈的疼痛，因为知道自己已来到最后一关。人就是这样，每到这种时候，力量就有所削弱，容易对自己丧失信心。在人生的旅途中，我有许多次都在最后时刻功亏一篑。我能在汪洋中遨游，却在浅滩上溺了水。但此刻，我在完成圣地亚哥朝圣之旅，那样的情节不能再重演。今天，我非赢不可。

腾出的那只手继续在光滑的石面上摸索，水流的冲击力越来越大。我感觉手脚已快支撑不住，随时都可能抽筋。猛烈的水流狠狠击打着我的下身，让我疼痛难忍。忽然，我在岩石上摸到了一处突起。虽说并不大，又偏离了我要爬的路线，但是换手时可以让另一只手抓握。我记住了它的位置，然后继续去摸索另一个可以救命的点。在离第一个支撑点几厘米远的地方，我找到了。

就是这个地方，几百年来的圣地亚哥朝圣者都抓过的地方。想到这儿，我用尽全力，牢牢抓住了它。松开的另一只手在水流的冲击下被甩了出去，但在空中划过一道弧线后，抓住了第一个支撑点。一瞬间，我撑起双臂，身体一跃而上。

这伟大的最后一步终于完成了。我整个身子已越过水流，回头再看，那汹涌的瀑布不过一线水流，几乎算不上在流动。我爬上岸，瘫倒在地。阳光暖暖地照在身上。它让我再次想起我胜利了，我还活着，像刚进入水潭时一样。在隆隆的水声中，我感觉到佩特鲁斯正向我走来。

我想站起身来，表达自己的喜悦，但力不从心。

"镇静点，歇会儿吧。"他说道，"慢慢呼吸。"

我照做了，随后陷入了一场无梦的沉睡。醒来时，太阳变换了方位，佩特鲁斯也已穿戴齐整。他把衣服递给我，说要继续赶路了。

"我现在累极了。"我答道。

"别担心，我来教你如何吸收周围的一切能量。"

然后佩特鲁斯教了我拉姆吐纳法。

练习了五分钟后，我感觉好多了。我站起身，穿好衣服，挎上了背包。

"到这儿来。"佩特鲁斯说道。我走到平地边缘，脚下的瀑布奔涌咆哮。

拉姆吐纳法

尽力将肺中的空气全部吐出，然后慢慢吸气，同时举起双臂。吸气时要全神贯注，让内心充满爱、平和，以及与宇宙的和谐。

尽可能长时间地屏住呼吸，并保持双臂抬起，享受身心内外的和谐。忍耐到极限时,快速吐出所有空气,同时喊出"拉姆"一词。

反复练习五分钟。

"从这里向下看，比从下面看上来容易多了。"我说。

"的确。如果之前我就让你站在这儿看，你会被误导，错误估计攀爬的难度。"

我依然感觉虚弱，于是又练习了一遍拉姆吐纳法。渐渐地，我发现整个宇宙与我和谐共生，直入心灵。我问佩特鲁斯为什么不早把这套灵操教给我，因为这一路上我常常感到慵懒和疲倦。

"因为你从来没表现出来啊。"他笑道。之后他问我在阿斯托尔加买的那种好吃的饼干现在还有没有。

疯 狂

我们近三天的时间都在强行军。天还没亮，佩特鲁斯就把我叫醒，直到晚上九点才停下歇息。中间只有吃饭的时间，因为我的向导把午休都废除了。这让人感觉他是在执行一个秘密计划，而我对它一无所知。

不仅如此，佩特鲁斯整个人都性情大变。一开始我以为是因为我在爬瀑布的时候犹疑不决，但后来发觉并非如此。他对每个人都怒气冲冲的，而且一天到晚不停地看表。我提醒他，他曾告诉过我时间的节奏由我们自己来掌握。

"你可是越来越聪明了。"他答道，"还是把这点聪明都用在实处吧。"

一个下午，我实在被这样紧急的赶路累坏了，站都站不起来。于是，佩特鲁斯让我脱下上衣，背靠在附近的一棵树上。我这样靠了一会儿，感觉好多了。他向我解释说，当人的神经中枢贴着树干时，植物，尤其是成熟的树木会向你传递和谐。之后的几个小时，他一直在滔滔不绝地讲述植物的生理特点、能量，还有精神属性。

这些我以前都读到过，因此也不急着做笔记。但他的长篇大论倒是解除了我的顾虑，觉得他并不是在厌烦我。我开始对他的沉默心怀敬意，他可能也猜到了我的担忧，所以即使心烦气躁，也尽量表现得和气。

一天上午，我们来到了一座桥边。桥身如此之大，与桥下淌过的涓涓细流完全不成比例。这是个星期天的清早，小城周边的餐馆和酒店都还没有开门。我们席地而坐，吃起了早餐。

"人类与大自然都反复无常。"我有意挑起话头，"我们建造了漂亮的桥梁，大自然却改变了河流的走向。"

"那是因为干旱。"他说道，"快把三明治吃完，我们还得赶路呢。"

我决定问问他究竟为何如此匆忙。

"我跟你说过，我在圣地亚哥之路上已经走了太久。我撂下了一堆事儿没干，想尽快回到意大利。"

他这话并没有让我信服。也许情况的确如此，但这绝不会是唯一的原因。我想问个究竟时，他却转移了话题。

"关于这座桥，你都知道些什么？"

"一无所知。"我答道，"但即便是因为干旱，这也太不成比例了。我猜这条河一定是改道了。"

"这我不太清楚。"他说，"但在圣地亚哥之路上，这座桥被称作'光荣通道'。看看周围这片旷野，苏维比人[1]和西哥特人[2]曾在这里厮杀得血流成河，阿方索三世[3]的军队也在这里抗击过摩尔人。桥建得这么大，也许是为了让血水从此处流过，以免淹没了城市。"

这可真是个黑色幽默，我笑不出来。他有点尴尬，但继续说下去：

"不过，这座桥梁的命名既非来自西哥特人的千军万马，也非阿方索三世的胜利之师。它和一个爱与死亡的故事有关。

"在圣地亚哥之路通行的最初几百年里，朝圣者、神父、贵族，甚至有国王从欧洲各地而来，想亲自向圣雅各致敬。但是强盗和劫匪也随之涌入。有的洗劫整支朝圣队伍，有的对独行客下毒手，这样的事件在历史上数不胜数。"

一切都在重演，我心想。

"因此，一些贵族骑士决定保护这些朝圣者，他们可以负

---

[1] 古代日耳曼人的一支。
[2] 东日耳曼部落的两个主要分支之一，曾攻陷并洗劫罗马。
[3] 阿方索三世（848—910），莱昂国王，在位时统治莱昂、加利西亚和阿斯图利亚等地区。

责一段路程。但是，就像河流会改道一样，人们的理想也会发生改变。在震慑匪徒之余，他们开始为谁才是圣地亚哥之路上最彪悍勇猛的骑士争论不休，没过多久便自相残杀，劫匪又开始横行。

"这种状态持续了很久。直到一四三四年，莱昂城内出现了一位骑士，他爱上了一个女人。骑士名叫堂·苏埃罗·德·金奥内斯，家境富裕，强悍骁勇。他竭尽所能只为迎娶心爱的女人。但这位女士，历史忘了留下她的芳名，却根本不愿理会他的满腔热情，拒绝了他的求婚。"

我极为好奇，想知道这场被拒的求爱和骑士间的你争我夺到底有什么关系。佩特鲁斯看出我很感兴趣，便说如果我把三明治吃完并立即上路，他才肯讲下去。

"你真像小时候妈妈对我那样。"我说，但还是吃掉了剩下的面包，挎上背包，开始穿越这座熟睡中的小城。

佩特鲁斯接着说了下去：

"这位骑士的自尊心受到了伤害，于是决定做一件所有男人被拒绝后都会去做的事：发起一场个人的战争。他向自己许诺要完成一番惊天动地的伟业，好让心爱的女人永远记住自己的名字。好几个月，他冥思苦想，始终在寻找一个高尚的理想，好奉献自己被拒的爱。直到某天晚上，他听说圣地亚哥之路上盗匪横行、骑士相残，便有了个主意。

"他召集了十个朋友，来到我们正在穿越的这座小城，让人在圣地亚哥之路上来来往往的朝圣者中传布消息，宣称他将在这里驻守三十天，赢得三十场比武，来证明他才是圣地亚哥之路上最骁勇善战的骑士。他竖起旗帜，调来仆从，安营扎寨，等待着挑战者。"

我能想象出那是一种什么样的热闹场面：每天酒肉不断，弦歌不辍，畅谈不尽，刀来剑往。听着佩特鲁斯讲的故事，我脑海中浮现出鲜活的场景。

"随着头一批骑士的到来，比武在七月十日正式开始。金奥内斯和他的朋友们白天比武，晚上欢宴。所有的比武都在桥上进行，这样谁也没有退路。挑战者越来越多，有段时间从桥头到桥尾都燃起了火把，好让持续至夜晚的比武继续到天明。所有被打败的骑士必须发誓永远不再争斗，一心一意保护朝圣者前往圣地亚哥。

"几星期之内，金奥内斯的大名就传遍了整个欧洲。朝圣路上的骑士、将军、士兵甚至强盗纷至沓来，向他挑战。谁都知道，只要战胜了这位勇猛的莱昂骑士，便能一夜成名，风光无限。比起他人的追求声名，金奥内斯的目标却要高贵许多：赢得一个女人的爱。正是这个理想激励他赢得了所有的比武。

"八月九日，比武结束了。堂·苏埃罗·德·金奥内斯被公认为圣地亚哥之路上最勇猛善战的骑士。自此，没有人敢自诩勇猛，骑士们一致面对共同的敌人，并肩打击劫掠朝圣者的匪徒。这段英雄传奇开创了'圣地亚哥宝剑骑士团'。"

我们已经穿过了整座小城。现在我很想回去再看一眼"光荣通道"——故事发生的那座桥。但佩特鲁斯坚持继续前行。

"堂·金奥内斯后来怎样了？"我问道。

"他去圣地亚哥，在圣雅各的圣骨盒上放了一条金项链。这条项链至今仍挂在圣雅各的半身像上。"

"我是想问他最终有没有和那个女人结婚。"

"哦，这我就不知道了。"佩特鲁斯答道，"那个时代的历史都是由男人书写的。在刀光剑影的战场上，谁又会去在意一个爱情故事的结局呢？"

讲完堂·金奥内斯的故事后，我的向导又恢复了往常的沉默。我们一言不发地继续赶了两天路，中间几乎没有停下来休息。到了第三天，佩特鲁斯走得比往常慢了些。他说赶了一星期的路，有点累了，这个年龄受不了这么快的节奏。这次我依然确信他说的不是真话：他的脸上并没有倦意，反而流露出一种深深的忧虑，好像有什么大事即将发生。

那天下午，我们抵达了丰塞巴东。这曾是个很大的城镇，如今已彻底荒弃。由石头砌成的房屋因为年久失修，橡木早已腐烂，石板房顶也已经坍塌。城镇的一边是悬崖，而在我们前方，一座山峰的后面，矗立着圣地亚哥之路的重要标志：铁十字架。这次轮到我迫不及待了，想马上走到那个神奇的古迹脚下。那是一根近十米高的柱子，上面顶着一个铁十字架，是恺撒入侵时留下的，意在纪念墨丘利神。依据异教的传统，圣地亚哥之路的朝圣者都要在柱脚下放一块从远方带来的石头。这里有的是石头，我便从地上捡了一块。

我决定加快脚步时，才发现原来佩特鲁斯走得很慢。他四处查看废弃的房屋，摇一摇即将倒塌的柱子，翻一翻残剩的纸片，最后干脆在一片广场中央坐下，广场上有个木头的十字架。

"我们在这里歇会儿吧。"他说道。

已是黄昏，但即便休息一个小时，也能在天黑前走到铁十字架那儿。

我在他身旁坐下，环视着四周荒凉的景色。就像河流会改道一样，人也会迁徙。看起来这些房屋修建得都很牢固，一定是经历了漫长的岁月才崩毁坍塌的。这里应该很美，前有幽谷，后有群山。我不禁好奇，究竟是什么让这么多人舍弃了自己的家园。

"你认为堂·苏埃罗·德·金奥内斯是个疯子吗？"佩特鲁斯问我。

我已记不起堂·苏埃罗是谁了，佩特鲁斯不得不拿"光荣通道"提醒我。

"不认为。"我答道，但说得缺少底气。

"他是个疯子，你见过的那个修士阿方索也是。我也一样，从我制订的计划里就能看出我的疯狂。还有你，你找剑的行为也是疯狂的。我们每个人的内心都燃烧着疯狂的神圣火焰，是博爱让它长燃。

"为此，无须拥有征服美洲大陆的雄心，也不必像阿西西的方济各那样与鸟儿对话①，街头卖蔬果的小贩都能表现出这疯狂的神圣火焰，只要他喜欢自己所做的事情。博爱超出了人类已有的概念，它被广泛传播，因为世界渴望博爱。"

佩特鲁斯说学了蓝色之球灵操后，我已经知道如何激发博爱。但如果想让博爱枝繁叶茂，必须无畏于改变自己的生活。如果我喜欢目前做的事情，那很好；如果不喜欢，改变总还是来得及的。若能接受改变，就让自己成为一片肥沃的土壤，让"充满创造性的想象力"在我身上播撒种子。

"只有对自己感到满意，我教你的一切，包括博爱才有意义。如果不满意，你学会的灵操也一定会让你渴望改变。为了不让所学伤害自身，你必须允许变革的发生。

"这是人生中最艰难的时刻。看到了'善战'的存在，却无力改变，不能投入战斗。如果是这样，拥有的知识反而有害。"

①据说，一天，圣方济各和他的同伴们看到路边的树上有很多鸟，于是他告诉同伴们说："你们等我，我要去对我的鸟姊妹传教。"在传教的时候，鸟儿被他的声音吸引，围绕着他，一只都没有飞走。

我看了眼丰塞巴东城。也许，那些人曾经不约而同地感到变革的必要。我问佩特鲁斯，他选择这个地方，是不是为了向我说明这一点。

"我不知道这里发生过什么。"他答道，"很多时候是命运挑起变革，人们不得不接受。但我说的不是这个，是一种想击溃生活中的一切不如意，从而自发产生的行为和愿望。

"在人生的道路上，我们常常遇到些难题，比如穿过一道瀑布却不能被水冲倒，因此必须让'充满创造性的想象力'发挥作用。你面对的是一个生死攸关的挑战，没有时间多作选择——博爱给你指出唯一的道路。

"但人生中还有些必须在几条道路中作出选择的难题，都是些日常问题，比如企业决策、情感破裂、社交聚会等等。生命中的每一个小小决定，都可能是生死抉择。早晨出门上班时乘车，选择这辆或许能安然无恙地到达办公室，选那辆也许就会车毁人亡。这当然是个极端的例子，我是想借此说明，一个简简单单的决定可能会影响一个人的一生。"

听着佩特鲁斯的话，我开始自我反省。我选择了来圣地亚哥朝圣寻找自己的剑。现在，我一心只想着这把剑，不惜一切代价要找到它。我必须做出正确的决定。

"做出正确决定的唯一方法是知道哪些决定是错误的。"听我讲述了自己的忧虑后，佩特鲁斯说道，"你必须在积极无畏地考察别的道路后，再作决定。"

随后佩特鲁斯教了我影子灵操。

"你遇到的难题就是那把剑。"他解释完灵操后说道。

我表示同意。

"那么现在就来练习这套灵操吧。我去附近转转。大概等我回来时，你已经能做出正确的决定了。"

我想起佩特鲁斯这些天一直急着赶路，想起我们在这座荒芜之城的谈话。他像是在争取时间做出什么决定。想到这儿，我振作起来，开始练习灵操。

我先练了一会儿"拉姆吐纳法"，让自己与周围的环境和谐共处，然后设定了十五分钟的时间观察身边的影子。有废弃房屋的，石头和木块的，还有身后那个旧十字架的。看着这些影子，我才发现想弄清它们到底是哪个物体的投射极其困难。以前我从没想过这个问题。有些房梁本是直的，影子却折成了角状。一块并不规则的石头，影子却呈圆形。最初的十分钟，我只是这么看着。要集中精神并不困难，因为这套灵操引人入胜。于是我开始思考要找到我的剑，哪些办法是行不通的。无数想法从脑海中闪过，比如乘公共汽车去圣地亚哥，或者打电话给我妻子，以情感相要挟，逼她说出藏剑的位置。

佩特鲁斯回来时，我面带微笑。

～ 影子灵操 ～

放松。

用五分钟观察身边所有物体和人的影子，努力辨认影子投射的到底是其中的哪一部分。

再用五分钟重复练习，但要同时思考你希望解决的问题，找出所有可能的错误方法。

最后再花五分钟，边观察影子，边思考还有哪些正确的方法。逐一排除，直到留下唯一的选择。

"怎么样了？"他问道。

"我终于知道阿加莎·克里斯蒂是怎么写侦探小说的了。"我打趣道，"就是把最不可能的假设变成可能。她应该也会影子灵操吧。"

佩特鲁斯问我是否知道了剑的藏身之处。

"先跟你说说观看影子时，我首先想到的最荒谬的假设，剑不在圣地亚哥之路上。"

"你是个天才。你终于发现，我们走了这么久的路就是在找你的剑。我以为在巴西时他们就告诉过你了。"

"而且藏在一个安全的地方，"我继续说道，"我妻子进不去的地方。我推测，它应该放在绝对公开的场所，但与周围景物非常协调，不易辨认。"

佩特鲁斯这回没笑。我接着说了下去：

"同样荒谬的假设还有它被放在一个人山人海的地方，那么它实际上的藏身之处应该几近荒无人烟。不仅如此，为了不让人发现我这把剑和一把典型的西班牙宝剑有什么区别，它应该在一个人们不懂得剑的样式的地方。"

"你觉得剑就在这儿吗？"他问道。

"不，它不在这儿。最荒谬的做法莫过于让我在藏剑的地方练习影子灵操，所以这种假设被我排除了。剑应该放在和这儿差不多的一座城镇，但不可能是废弃的城市，在废城里放一把剑，对于朝圣者和过路人来说太惹眼了。用不了多久，它就会被拿走挂在哪个酒吧的墙上当装饰品。"

"很好。"他说。我注意到他很为我骄傲，或者是为他教我的灵操而骄傲。

"还有一件事。"我说。

"什么？"

"最荒谬的放置点是世俗场所，魔法师的剑应该放在一个神圣之所。比如一座教堂，没有人敢去那儿偷剑。综合来看，我的剑身处圣地亚哥附近一座小城的教堂里，那教堂与周围环境十分协调，但谁都能看得见。从现在起，我要造访圣地亚哥之路上的每一座教堂。"

"没必要。"他说道，"等时候到了，你自然会认出它来。"

我成功了。

"听着，佩特鲁斯，我们之前那么匆忙地赶路，现在又在这座弃城里待这么久，这是为什么？"

"最荒谬的答案会是什么？"

我瞥了一眼地上的影子。他说得有道理，我们待在这儿，一定是有原因的。

太阳躲到了山后，但天色仍然很亮。我想，此时的阳光一定正照耀着铁十字架。它离我只有百米之遥，我很想看看它。

我也想知道为什么我们要在这里干等。过去的一星期，我们都在火急火燎地赶路，在我看来，唯一的可能就是我们必须在这一天的这个时候赶到这里。

我想挑个话题聊点什么，好打发时间，但发现佩特鲁斯的神情紧张而专注。我曾多次见过他发脾气，但记不起几时见过他如此紧张。突然间，我想起来了。那是在某座我记不得名字的小城里，吃早餐的时候，后来就遇见了……

我朝身旁看去。它正在那里——狗。

正是这只凶残的狗，那次把我扑倒在地；正是这只怯懦的狗，后来灰溜溜地逃跑了事。佩特鲁斯答应过再见到它时会帮我。我向他站的方向转过脸去，却发现那儿并没有人。

我紧盯着狗的双眼，在脑中飞快地找寻着应对方法。我和狗都一动不动，这让我忽然想起西部片中城市废墟上的决斗场面。但谁能想象得出是一个人和一只狗决斗，太不可思议了。可我恰恰站在那里，在现实中经历着在电影里都匪夷所思的情节。

是那只名叫"群"的狗，附着很多魔鬼。我的身旁是一座废弃的房屋，如果我忽然跑开，爬上房顶，料想"群"是追不上来的。但现在，它以及它可能做出的种种反应，竟然让我困在原地、进退两难。

我紧紧盯着它的眼睛，很快就放弃了逃跑的念头。在圣地亚哥之路上，最令我惧怕的便是这个时刻，现在，它终于来临了。在遇见剑之前，我得先遇见我的敌人，然后战胜它或臣服于它。我只能面对。如果此刻逃跑，就会掉进一个陷阱。这只狗也许不会再回来，但我会战战兢兢地抵达圣地亚哥，即便朝圣结束，依然整晚梦见它，提心吊胆地度过余生。

正这样想着，狗开始向我的方向移动。我立即停止思索，集中全部精力来应对这场即将打响的战斗。佩特鲁斯溜走了，只剩我一个人。我有些害怕。此时，狗低嗥着慢慢向我走来，这倒比高声狂吠更吓人，我越发恐惧起来。那狗看出了我眼里的恐惧，飞身一跃向我扑来。

它就像一块石头砸在我的胸口，将我扑倒在地，发起了攻击。我模糊地记起自己的死亡方式似乎不是这样，但内心的恐惧已扩散到无法掌控的地步。我护着脸和咽喉，开始反抗。但腿部传来一阵剧烈的疼痛，随即让我缩紧了身子，是被撕下了一块肉。我把手从头部和颈部挪开，想捂住那伤口，那只狗趁机攻向我的脸。就在这时，我摸到身旁的一块石头，立刻抓起来，拼命砸在狗的身上。

它后退了一点，与其说是伤着了，不如说是吓着了。我爬起身。狗仍在后退，那块染上血污的石头燃起了我的斗志。我太高看对方的力量了，那不过是一个陷阱。它不可能比我有力气，我比它高，也比它重。我不再那么恐惧了，但还是有些无法控制自己。我手握石块，大吼起来。狗又后退了一些，便站住了。

它好像能读懂我的心思。绝望之中，我感到了自己的强大，但也意识到和一只狗打架是多么荒唐的事。突然间，一阵热风吹拂过这座荒废的城市，一股力量充斥我的全身。我开始觉得，继续这场打斗简直是无聊至极——总之，只要用石头砸中它的头，我就赢了。我想立即停止这场闹剧，查看腿上的伤口，彻底结束寻剑之旅，结束圣地亚哥之路上的种种诡异经历。

这又是一个陷阱。狗再次一跃而起，将我扑倒在地。这一回，它灵巧地避开了石头，狠狠咬住我的手，疼得我一下松开了石头。我开始赤手空拳地和它搏斗，但对它造成不了什么伤害。它锋利的爪子撕坏了我的衣服，划破了我的手臂，看来它完全控制我只是时间问题。

就在这时，我听见内心有一个声音说，如果让狗控制了我，战斗便会结束，我也就得救了。虽然败北，却能活命。要知道我的腿疼得厉害，全身上下都被它抓咬得火辣辣的。这声音坚持让我放弃搏斗，我也终于认出了它：是信使阿斯特赖恩发出的。

狗停顿了片刻，似乎也听见了这声音。我又一次想要放弃了。阿斯特赖恩在对我说，许多人终其一生都没有找到他们的剑，那又何妨？我只想回家，和妻子在一起，生儿育女，安居乐业。什么跟狗打架，什么攀爬瀑布，这些荒唐的事情已经够了。这已经是我第二次这么想了，而且愿望更加强烈。我确信自己下一秒就要投降。

　　弃城里传来的一阵声响吸引了狗的注意。我侧过头，看见一个牧羊人正赶着他的羊群从田野中回来。我忽然想起在废弃的古堡上曾见过这一幕。狗发现了羊群，便从我身上跳开，准备去攻击羊群。我得救了。

　　一时间，牧羊人大喊起来，羊群四下逃散。狗还没有完全离开，我决定再抵抗一会儿，给逃跑的羊群多争取些时间。我抓住了狗的一条腿，荒唐地希望牧羊人能来帮我一把。对剑和"拉姆"力量的期盼又重新回到我的心中。

　　狗试图挣脱。此时我已不再是它的敌人，而是一个破坏者。它想要的是面前的羊群，但我仍然拽着它的腿不放，等待着一个不会来帮我的牧人，心里祈盼着羊群不要逃散。

　　这一瞬间，我的灵魂得救了。一股巨大的力量钻进我的身体，这不再是"法力"的幻象，也不再勾起厌倦感或放弃的念头。阿斯特赖恩再次对我低声耳语，所说的却与刚才不一样了。他说我永远都应该直面这个世界,以彼之道还诸彼身。要对付狗,我只能让自己也变成一条狗。

这就是佩特鲁斯那天谈论的疯狂。我开始觉得自己就是一条狗,龇牙咧嘴、低声怒吼,声音里满是仇恨。我向旁边瞥了一眼,牧羊人一脸惊惧,羊群不仅怕狗,也同样怕起了我。

"群"察觉出了情况,吓了一跳。于是我开始进攻,在整场战斗中这还是第一次。我用牙咬,用指甲抓,试图扼住它的脖子,正如刚才我害怕它做的那样。我心里只有一股强大的求胜欲,其他一切都不重要了。我飞身向狗扑去,将它按倒在地。它竭力反抗着,想摆脱我身体的重压;它的爪尖抠进我的皮肉,但我也在抓咬。我明白,它一旦从我身下挣脱,就会再次逃之夭夭。我可不希望这事再一次发生。今天,我必须战胜它、打败它。

狗看我的眼神中充满了恐惧。此刻倒好像我成了一只狗,它成了人。我刚才的恐惧已跑进了它的身体。它用尽全力才从我身下逃脱,但我又把它逼进一座废弃房屋的尽头。一道低矮的石墙后便是万丈深渊,它已无处可逃。现在,它就是那个要看见自己死亡面容的人。

但突然间,我意识到有什么不对。我太过强大,思想变得模糊起来。我看见一张吉卜赛人的脸庞，还有一堆模糊的景象。是我自己变成了"群"，我的力量正源于这里。它们抛弃了那只可怜的狗，因为它受了惊吓，马上就要坠落深渊，现在进入了我的身体。我只觉得有一股可怕的欲望，想将这只无力抵抗的小狗撕成碎片。

"你是大王，他们是'群'。"阿斯特赖恩又低声说道。但我不想做王，我听到了另一个遥远的声音。那是师父在反复告诫，要我记得自己还有一把剑要去寻找。我需要再抵抗一会儿，不能杀死这只狗。

我瞥了牧羊人一眼。他的目光证实了我的想法。他现在怕我甚于怕那条狗了。

我感到一阵眩晕，周围的一切都旋转起来。我不能晕倒，如果那样，"群"魔就要战胜我。必须想办法坚持住。我已不再是与一只动物搏斗，而是在和一股想要控制我的力量斗争。想着想着，我双腿发软，靠在一堵墙上，但墙没有经受住重压。我脸朝下倒在了残垣瓦砾间。

大地。"群"便是这大地的果实——不论是好是坏，总之源自大地。大地是它的家，在那里它统治着世界，抑或被世界统治。博爱在我心中迸发，我用力将指甲抠进土里，一声长嗥，就像第一次和狗遭遇时听见的那声狗叫一样，我感到"群"从我体内流入了大地。因为我心中博爱汹涌，"群"不想被这"噬人之爱"吞噬。而这正是我的意愿，我用尽余力抵抗着昏厥。这也是博爱的意愿，它在我心中巍然伫立，坚持到底。我浑身发抖。

"群"用力钻入了土地。我开始呕吐，但能感觉到博爱在生长，正从每一个毛孔溢出。我仍在发抖，这样持续了很长时间，直至"群"悉数回到了自己的王国。

感觉到"群"的最后一丝痕迹滑过指尖，我坐起身，遍体鳞伤，眼前是一幅荒诞的景象。一条流血的狗不住摇着尾巴，一个受惊的牧羊人正注视着我。

"你应该是吃坏了肚子。"牧羊人说道，他不愿相信眼前所见的一切，"现在吐出来会好很多。"

我点点头。他感谢我管住了"我的"狗，然后便赶着他的羊上路了。

佩特鲁斯出现了，但他什么也没说，只从上衣上撕下一片布，包扎好我腿上的伤口。他让我活动一下全身，随后说我没什么大碍。

"但你的样子真可怜。"他笑着说道。他难得一见的好心情又回来了。"这样看来，我们今天就不宜去看'铁十字架'了。那里应该还有很多游客，他们会被你吓到的。"

我没在意他的话，站起身来拍拍尘土，感觉自己仍然可以走路。佩特鲁斯建议我练习一下"拉姆吐纳法"，背上了我的背包。我练习了一遍，觉得自己再次与这世界达成了和谐。照这样，用不了半个小时，我便能到达"铁十字架"了。

总有一天，丰塞巴东会在废墟上重新崛起，因为"群"在这里留下了许多法力。

命令与服从

我腿上有伤，行走艰难，是佩特鲁斯架着我来到"铁十字架"前的。鉴于我被那只狗伤得很重，他决定让我停下休养，康复后再继续走神奇的圣地亚哥之路。附近有一个村庄，不敢晚上翻山越岭的朝圣者都在那儿投宿。佩特鲁斯在一个铁匠家找到了两个房间，我们便安顿下来。

我的房间有个小阳台，其样式风格在八世纪时堪称一场建筑革命，一时间风靡整个西班牙境内。村庄正是该风格的发源地。站在上面，我能望见绵延的山脉，我迟早要翻越它们，只有这样才能抵达圣地亚哥。我倒在床上，一觉睡到第二天，虽然还有些低烧，但感觉不错。

当地有一眼泉水，村里人称作"无底井"。佩特鲁斯从那里打来了水，为我清洗伤口。下午他请来一位住在附近的老妇人。两个人在我的伤口和抓痕处抹了好几种草药，那老妇人还要我喝一种苦茶。佩特鲁斯则叮嘱我每天自己舔舔伤口，直至完全愈合为止。微甜还带着些腥味的血，总让我感觉很恶心。而我的向导非说口水是种很有效的消毒剂，能帮我预防感染。

紧接着我发烧了。佩特鲁斯和老妇人又让我喝那苦茶，又在伤处涂抹草药，但烧还是不退，尽管温度不是很高。我的向导动身去附近的一个军事基地找绷带，因为整个村子都找不到。

几个小时后，佩特鲁斯带着绷带回来了，身后还跟了一名年轻的军医。这位军医很想弄清楚咬伤我的狗在哪儿。

"从伤口的类型来看，这只狗有狂犬病。"军医一脸凝重地说道。

"才不是呢。"我答道，"只是一个开过了头的玩笑。我早就认识那只狗了。"

军医不相信，非要给我打一针狂犬疫苗不可，还威胁说要把我送进基地的医院，于是我不得不挨了一针，注射了至少一剂的药量。接着他问我是在哪儿被狗咬伤的。

"丰塞巴东。"我答道。

"丰塞巴东一片废墟，那儿不会有狗。"他带着那种当场戳穿谎言的扬扬自得说。

闻言，我开始装疼，呻吟了几声，军医便被佩特鲁斯带出了房间，但把所有需要的物品留了下来：干净的绷带、胶布，还有一管止血剂。

佩特鲁斯和老妇人没用那管止血剂，把涂满草药的纱布包在我的伤口上。这让我很高兴，因为我再也不用去舔被狗咬伤的地方了。到了晚上，他们跪在我的床边，把手放在我身上大声祷告。我问佩特鲁斯那是什么，他只含糊地提了句"神赐的天赋"，还有罗马朝圣之路什么的。我继续追问时，他就不再多说了。

两天后，我完全康复了。早上我走到窗前，看见几个士兵在村里的房屋和附近的山丘上搜寻着什么。我问其中一个士兵他们在找什么。

"这附近有一只疯狗。"

就在当天下午，房东铁匠来请求我尽快收拾行囊，离开此地。因为我的遭遇在村民中传开了，他们都害怕我患上狂犬病，再把病传给别人。佩特鲁斯和老妇人与铁匠交涉，但他就是不为所动，甚至声称我在睡着时嘴角流出了一串泡沫。

每个人睡觉时都会流口水，但这样的劝说无济于事。到了晚上，老妇人和向导把手放在我身上祈祷了很久。第二天，尽管还有些一瘸一拐，我又踏上了神奇的圣地亚哥之路。

我问佩特鲁斯，他是否担心我的康复状况。

"圣地亚哥之路上有一条法则，以前我没和你说过。"他答道，"那便是一旦起程，唯一允许放弃的理由就是生病。如果你的伤口无法愈合，并且继续发烧，恐怕我们的旅程就只能到此为止了。"

但随后他又略带得意地说，上帝已经听到了他的祷告。而我相信，那份勇气此刻不论对他还是对我都很重要。

一路下坡，佩特鲁斯说这样的路还要再走两天。我们又恢复了平时的作息，在下午阳光最烈的时候休息一会儿。因为我还缠着绷带，佩特鲁斯仍替我背着包。现在不用那么着急了，我们赶赴的约会已经结束。

我的精神一直在好转，对自己也颇感骄傲：我爬上了瀑布，打败了魔鬼，现在只剩下最重要的一项任务了——找到我的剑。我把这些想法都告诉了佩特鲁斯。

"你赢得挺漂亮，但在最重要的一件事上却很失败。"他这样说道，简直是结结实实地当头给我泼了一盆凉水。

"什么事？"

"你不知道战斗的准确时刻。我一直在加速，强行军般地赶路，但你心里只想着找剑。如果一个人不知道会在哪里遭遇敌人，要一把剑又有什么用呢？"

"剑是我力量的工具。"我回答。

"你太相信你的力量了。"他说道，"瀑布、'拉姆修行术'、与信使的谈话，都让你忘了你还有一个敌人要去打败，你和他必有一次会面。在你的手使剑之前，先得判断出敌人的位置，并知道如何去应对。剑只能用来劈砍，但在刺出它之前，你的手已决定了胜负。

"没有剑，你照样战胜了'群'。这场找寻中有一个秘密，一个你至今尚未发现的秘密。如果发现不了它，你就永远找不到想要的东西。"

我陷入了沉默。每次当我确信已接近目标时，佩特鲁斯总是说我不过是个普通的朝圣者，要实现自己的梦想还差了点什么。就在这番谈话开始前的几分钟，我还颇为愉快，现在这股快乐彻底消散了。

我又一次在神奇的圣地亚哥之路上起程，却垂头丧气。一千两百年来，有千百万人走过我脚下这条路，去往圣地亚哥或从那里返回。对他们而言，到达终点只是个时间问题；但对我来说，传统教团设下的重重陷阱，总让我不停地去克服障碍，经受考验。

我对佩特鲁斯说自己累了，于是我们坐在一片树荫下休息。眼前的道路旁，矗立着许多巨大的木十字架。佩特鲁斯卸下两个背包，对我说道：

"每一个敌人都代表着我们的一个弱点，比如对皮肉之苦的恐惧、对胜利的过早预期，或是认为不值得为梦想努力而产生放弃的想法。

"敌人有击中我们的把握，才会向我们开战，而且恰恰是在我们深感骄傲、自以为不可战胜的地方。整场战斗里，我们总是力图护住自己的弱点，但敌人会攻击我们没有防御、最为自信的地方。我们被打败，是因为发生了最不该发生的情况：让敌人选择了战斗的方式。"

佩特鲁斯说的这些在我与狗的搏斗中全都发生过。不过，我拒绝接受我有敌人，并且必须和他们搏斗的说法。我一直认为佩特鲁斯说的"善战"是指为了人生而拼搏。

"你说的没错，但'善战'不止于此。战斗并不是罪过。"我说出自己的困惑后，他解释道，"战斗是一种爱的行动。敌人让我们进步，让我们成熟，就像那只狗对于你一样。"

"但是，你好像总是不满足，总认为差点什么。现在你又和我说我的剑有个秘密。"

佩特鲁斯回答说，这些我本该在起程之前就知道。他又接着谈论起"敌人"来。

"敌人是博爱的一部分，他考验着我们的双手、我们的意志，以及我们使剑的本领。他进入我们的生活，正如我们进入他的生活，都是有目的的。这个目的必须实现。因此逃避战斗是最糟糕的一种状况，比输掉战斗还要糟糕，因为我们永远可以从失败中学到些什么，但逃跑只能宣告敌人的胜利。"

我对佩特鲁斯说，他这样一个崇拜亲近耶稣的人竟然如此宣扬暴力，真是太令我吃惊了。

"你想想耶稣为什么需要犹大。"他回应道，"他必须选择一个敌人，否则，他在世上的战斗就无法得到彰显。"

路上的木十字架很好地展示了这份荣耀是如何建立起来的——必须有流血、背叛和离弃。我站起来，表示可以继续赶路了。

走在路上，我继续问佩特鲁斯，在战斗中打败敌人的最大力量来自哪里。

"你的现在。此刻正在做的事情最有助益，因为其中有博爱，有胸怀热忱、赢取胜利的意志。

"还有一件事我想说清楚：敌人一般不代表邪恶。敌人始终存在，否则的话，剑便会因不常使用在鞘里生锈。"

我想起一件事。修建避暑别墅时，妻子忽然决定改变一个房间的设计。把变动告知工匠的不快差事自然落到了我的头上。那位工匠已近七旬，在我将他叫来如实讲明情况后，他想了一番，决定将一堵正在砌的墙利用起来。这个办法妙极了，妻子见到了也很喜欢。

也许佩特鲁斯刚才那番复杂的话想表达的就是这一点：人应该从当下的事情中汲取力量，战胜敌人。

于是我把工匠的故事说给他听。

"生活教给我们的肯定比神奇的圣地亚哥之路启发的多得

多。"他答道，"但我们常常不相信生活的教诲。"

　　圣地亚哥之路的沿途，十字架连绵不断。这应该是某个朝圣者的杰作，他凭借着超乎寻常的力量，将一块块结实又沉重的木材竖立起来。每个十字架间隔三十米，一眼望不到头。我问佩特鲁斯这木十字架到底有什么用。

　　"一种古老而过时的刑具。"他说道。

　　"但它们在这儿有什么用呢？"

　　"应该是某种祈愿吧。我怎么知道？"

　　我们在一根倒下的十字架前停了下来。

　　"可能是木头朽了。"我说。

　　"这根木头和别的一样，根本没有枯朽。"

　　"大概是没有插牢。"

　　佩特鲁斯环顾四周，放下背包，坐在了地上。我对他的行为颇感不解，我们刚刚才休息过。我本能地观察了一下四周，看看有没有狗出现。

　　"你已经战胜了那条狗。"他像是猜透了我的心思，"别再去担心死人的幽灵了。"

　　"那我们为什么停下来？"

　　佩特鲁斯朝我做了个手势，让我别说话。我们沉默了几分钟。我又害怕起来，于是决定站着不动，等着他先开口。

"你听到了什么？"过了一会儿，他问道。

"什么也没有，一片寂静。"

"要真有聆听寂静的智慧就好了！但人类连自己的抱怨都不会去倾听。你从没问过我是怎么预感到'群'的出现的，现在我告诉你：靠听觉。几天前还在阿斯托尔加的时候，我就听见了那声响。自那以后，我开始加快步伐，因为一切都表明我们将在丰塞巴东相遇。那声音也传进了你的耳朵，只是你没用心听。

"声音里涵盖了一切，过去、现在和未来。一个人如果不知倾听，就无法听取生活每时每刻给予的忠告。只有听到它的人，才能做出正确的决定。"

佩特鲁斯叫我坐下并忘掉那条狗，然后教给了我一套灵操。在圣地亚哥之路上的所有灵操中，它属于最简单但最重要的一类：谛听灵操。

我开始练习。伴着风声，远处传来一个女人的声音，还夹着树杈断裂的声响。这套灵操真的不难，它的简单让我着迷。我把耳朵贴在地上，开始倾听大地低沉的回声。渐渐地，我分辨出了各种声音：叶片飘落，人声依稀，飞禽振翅，动物的呼噜声，但我无法确定是哪种动物。十五分钟的练习时间过得飞快。

"时间久了你就会发现，这套灵操能帮你做出正确的决

谛听灵操

闭眼，放松。

在几分钟内集中注意力，聆听周围的一切声响，就像听乐队在弹奏乐器。

慢慢地，分辨出每一种声音。聚精会神，一个个地听，就像在听乐器独奏。努力将其他声音从脑中排除。

坚持每天练习，渐渐地你听见一些声音。开始，你会觉得那不过出自你的想象，后来你会发现，那是逝者、今人和来者的声音，他们都融在"时间的记忆"里。

须在能辨别出使者的声音后练习此灵操。

至少练习十分钟。

定。"佩特鲁斯没问我听到了什么，"博爱通过'蓝色之球'传达，但也离不开视觉、触觉、嗅觉、听觉以及你的心。最多一个星期，你就能听见各种声音了。起初只是些呢喃之语，但慢慢地它会告诉你一些重要的事情。只是得小心你的信使，他会试图搅乱你。考虑到你能听出他的声音，他构不成什么威胁。"

佩特鲁斯问我是否听到了敌人愉悦的呼唤，或是一位女士的邀请，或是我那把剑的秘密。

"我只能听见远方一个女人的声音。"我说，"是个农妇在呼唤她的儿子。"

"好，现在看着你面前的这个十字架，用意念使它立起来。"

我问他这是哪套灵操。

"相信你的意念。"他答道。

我以练瑜伽的姿势坐在地上。之前我成功战胜了狗与瀑布，这次应该也能行。我目不转睛地盯着十字架，想象着自己脱离躯体，抱住十字架将其竖起。在"传统之路"上，我曾多次完成这一类小小的"奇迹"。我隔空打碎过杯子和瓷像，还能让桌上的物体移动。虽说不过是些简单的魔术把戏，并不代表法力，但是能说服那些不信神灵的人。可像十字架这么巨大沉重的东西，我从来没试过。但既然佩特鲁斯命令我这么做，我想我能成功。

半个小时过去了，我用尽各种方法，包括意念法和暗示法，后来又想起师父过去对重力的控制，便试着重复他当时念的咒语，结果都不见成效。我全神贯注，但十字架纹丝不动。于是我召唤来阿斯特赖恩，他出现在两根火柱间，谈起十字架时，他说他恨透了那东西。

佩特鲁斯摇了摇我，让我从恍惚中清醒过来。

"行了，这可真够烦人的。"他说道，"既然意念不行，就用手把它立起来吧。"

"用手？"

"照我说的做！"

我吓了一跳。突然间，我面前冒出个暴躁的家伙，和悉心护理我的那位判若两人。我不知该说些什么，也不知要怎么做。

"照我说的做啊！"他重复了一遍，"这是命令！"

尽管练习了谛听灵操，我的耳朵还是无法相信自己听到的话。和狗搏斗的伤口尚未愈合，我的胳膊和手上还缠着绷带。我什么也没说，只是让佩特鲁斯看看绷带。但他冷冷地看着我，面无表情，等着我照他说的去做。那个伴我一路的向导和朋友，教我"拉姆修行术"的人，告诉我圣地亚哥之路上动听故事的人此刻好像消失了，取而代之的是一个视我为奴隶的人，他正命令我做一件愚蠢的事情。

"你还在等什么？"他又说了一遍。

我想起翻越瀑布时的场景，想起那天我曾质疑过佩特鲁斯，但他都对我很大度。他奉上了全部的爱，并阻止我放弃寻剑。我实在无法理解，这个对我如此宽容的人为何此刻这样粗暴，而且代表着人类努力摒弃的东西，即人对人的压迫。

"佩特鲁斯，我……"

"要么照做，要么朝圣就此结束。"

恐惧再次袭来。此时此刻我对他的惧怕，超过了那道瀑布，甚至超过了那只令我恐惧多时的狗。我绝望地祈求大自然给我些提示，让我看到或听见些什么来解读这道荒唐的命令。周围静默如常。要么听从佩特鲁斯，要么放弃我的剑。我再次抬了抬缠着绷带的胳膊，但他干脆坐在地上，等着我执行命令。

于是我决定服从。

我走到十字架前，用脚踢了踢它，试试它有多重。十字架纹丝不动。看来即便我的双手活动自如，将它立起来也是一件很困难的事。两手缠着绷带想抬起它，简直是痴心妄想。但我得服从命令。必要的话，我可以死在这里，可以流血，就像耶稣得承受同样重的十字架一样。不过佩特鲁斯将见证我的尊严，也许这会让他心软，免去这场考验。

十字架的根部并未完全断开，还连着一点。我没有刀，不能切断它，只好忍着痛，用两肘夹抱起十字架，想把它拔断。手臂上的伤口触到了木头，疼得我立刻大叫起来。我看了看佩特鲁斯，他依然无动于衷。我决定不再叫喊：从那一刻起，叫喊在我心里死去。

我意识到当务之急不是移动十字架，而是把根部弄断，再在地上挖一个洞，把十字架插进去。我挑了一块锋利的石头，强忍着痛，开始砸木条的连接处。

疼痛越来越剧烈，连着的木条也已慢慢断开。我意识到要赶快干完，否则伤口开裂就无法忍受了，但又不得不放慢速度，以免在完成任务之前便疼得受不了。我脱下上衣缠在手上，护住伤口继续干活。这办法还真行，断了一根木条，又一根。手中的石头已被磨去了棱角，于是我重拣了一块。每次停下来，都有难以继续下去的感觉。就这样，我捡来一块又一块锋利的石头，干活的手一直在发热，疼痛也稍稍麻木了一些。连着的根部几乎全断开了，只有最粗壮的一部分还在负隅顽抗。手越来越疼，我只得放弃慢慢来的打算，疯狂地砸起来。我知道疼痛马上就要让我无法忍受，只是个时间问题，我必须在那一刻到来前完成任务。我又是锯又是砸，感觉皮肤和绷带之间有股黏黏的东西冒了出来，使得动作有些不便。我估计那是血，但尽量不去多想。就在我咬紧牙关继续的一瞬间，最粗的那部分断开了。一声脆响，十字架倒在了一旁。我激动得立刻直起身，用尽全力踢了一脚木头。就是这块木头让我受了那么多罪。

但我的快乐只持续了短短几秒钟。这才刚开了个头，我的手已在剧烈颤抖。我瞧了眼佩特鲁斯，他睡着了。一时间我开始琢磨能用什么办法蒙混过关，趁他不注意时把十字架立起来。

但立起十字架正是他的目的，我没法蒙骗他，只得靠我自己。

我再次低头看了看又黄又硬的地面。石头仍是我唯一的工具。只是这次我没法再用右手干活了，它实在疼得厉害，而且那股黏黏的液体让我异常难受。我慢慢把缠着的衣服解开，发现鲜血浸透了纱布。本来这伤口已经要结痂了，佩特鲁斯真是太不人道。

我捡来另外一种更重更耐磨的石头，把衣服缠在左手上，便开始在十字架根部的前方砸地挖洞。一开始进展还算迅速，很快就不得不停下来，因为迎面碰到一层硬土。挖了很久，洞的深度却好像没什么变化。于是我决定不把洞口挖得太大，这样十字架插入后便不会大幅度晃动。从洞底挖土，难度增加了。右手虽说不那么疼了，但一想到凝结的血块，我是既恶心又难受。加之我不常用左手干活，所以石头屡屡从手中滑落。

也不知在那里挖了多久。每次用石头敲一下地面，每伸一次手掏土，我都会想到佩特鲁斯。看着他在一旁静静安睡，我打心眼里恨他。但无论是闹出的声响，还是心底的怨恨，都没能搅扰他的睡梦。"佩特鲁斯应该有他的理由。"我转念想到，内心却仍然无法理解这种奴役从何而来，他为什么要这般羞辱我。于是，大地变成了他的脸孔，我用石头猛力捣砸，熊熊燃烧的怒火让我挖得越来越深。现在，一切只是个时间问题，我早晚能成功。

正这样想着，石块不知触到了什么硬物，再次从我手里滑落。我最最害怕的事情发生了：忙了这么久，却让一块大石头挡了路，无法继续挖下去。

我直起身，擦干脸上的汗，开始另想办法。我没那么大劲把十字架搬到另一个地方去，也没法从头再来，因为现在停下来后，左手已开始有麻木的迹象。这比疼痛还要糟糕，非常令人担忧。我看看自己的手指，都还能动，还能听我使唤，但我的本能告诉自己，不能再牺牲了这只手。

我看看那洞，要把这么重的十字架牢牢插进去，它还不够深。

"做出正确决定的唯一方法是知道哪些决定是错误的。"

我想起了影子灵操和佩特鲁斯的这句话。他一再强调，只有将"拉姆修行术"用来应对日常生活中的挑战，它才能凸显出意义。即使眼下这个局面荒诞不经，也不妨看看"拉姆修行术"能否派上些用场。

"做出正确决定的唯一方法是知道哪些决定是错误的。"把十字架拖到另一个位置是不可能的，因为我已经没有力气。继续往下挖洞也不可行。

既然错误的办法是继续往下挖洞，那么，可能的方案就是抬高地面。但如何做到呢？

突然间，我对佩特鲁斯的爱意全部回来了。他是对的。我可以把地面抬高。

我捡来身边所有的石头，将它们围在洞口边缘，与掏出来的泥土和石块放在一起。之后我又费了好大劲把十字架的底部稍稍抬起，将石块塞在下面，不到半个小时，石块垒高了，洞也变得足够深了。

现在，我只消将十字架插进洞里去。这是最后一搏，必须成功。我的左手已经麻了，右手疼痛难忍，手臂上还缠着绷带，但背部还好，只有几处抓伤。趴到十字架底下，慢慢直起身，应该就能让它自行滑进洞里。

我立刻趴在地上，尘土钻进了嘴巴和眼睛。我用尽已麻木的左手最后一点力气，将十字架稍稍抬起，钻到它下面。我小心翼翼地调整着姿势，让十字架正好压在我的脊背中央。十字架很大很重，但并非难以承受。我想起种子灵操，于是非常缓慢地蜷起身子，呈胎儿姿势，并稳住背上的十字架。有几次我感觉它就要滑下去了，但我动作很慢，所以总能预感到它往哪儿偏，随之调整姿势。最后，我终于蜷缩成胎儿的姿势，双膝向前，十字架稳稳地压在我的背上。十字架的底部在石堆上晃动了一下，但没有偏离原位。

"幸好我不用去拯救世界。"我心想。压在我背上的，是沉重的十字架，还有它代表的一切。一股深切的虔诚占据了我的身心，让我想到有人也曾背负过这十字架，他的双手和我的一样伤痕累累，逃不过疼痛，也逃不过木桩的重压。[①]背上的十字架又晃了起来，剧痛之下产生的虔诚感受随即从我脑中消失了。

我缓缓直起身，开始了重生。我无法回头看，只能凭声音判断——我刚刚学过如何倾听这世界，佩特鲁斯仿佛当初就猜到我用得上这项本领。我感觉到了十字架的重量，还感受到石块间的彼此协调。十字架缓缓抬高，好像要主动助我通过这场考验，它要站回原位，再次成为圣地亚哥之路上的一道奇观。

---

①此处指耶稣受难前背负十字架。

现在只需最后一搏。等我坐到脚踝上，十字架就会从背上滑下，落入洞里。到时有一两块石头会滚落一旁。但直到现在十字架一直表现不错，没有偏离我垒起的土堆。终于，后背感到一阵拉扯的力，我知道十字架已从石堆上悬起。这是最后的关头，就像爬瀑布时我必须穿过那道水流一样。这是最困难的时刻，因为人害怕失败，常常功亏一篑。我再一次感到竖起十字架这个任务是多么荒唐，因为它恰恰与我想要的背道而驰：我一直在寻找自己的剑，之后便是推倒所有的十字架，好让救世基督重生于世间。但此刻这些都不重要了。我猛一用力，挺了挺后背，十字架滑了出去。那一瞬间，我再次意识到，是命运在指引我完成这项工作。

我等着十字架落地时偏离方向、把石头砸得四下飞散的声音，但马上又想到，十字架的冲击力应该没那么大，最多再倒回来压在我身上。结果只传来一声闷响，听上去是有什么东西砸在了洞底。

我慢慢转过身，十字架立在那里，落地的冲击力令它摇摇晃晃。有些石块从石堆上滚落了，但不会让十字架倒下。我迅速把石块堆回原地，抱住十字架，让它停止晃动。这一刻，我感到它是有生命有热度的，我确信在整项任务中，它一直是我的朋友。之后，我缓缓退后，用脚把石堆踩实。

我欣赏了一会儿自己的杰作，伤口又疼了起来。佩特鲁斯还在沉睡。我走到他身边，用脚轻轻碰了碰他。

　　他猛地醒来，看了眼十字架。

　　"很好。"他只说了这一句，"等到了蓬非哈达①，我们换一下绷带。"

---

①位于西班牙莱昂省，圣地亚哥之路上最后一个较大的城镇，以圣殿骑士城堡闻名。

传　统

"我宁愿去抬一棵树。那十字架压在我背上，让我感觉人类探求智慧的目标要通过牺牲来达成。"

此刻，我环视四周，只觉得自己的话听来有些无聊。十字架的事已显得十分遥远，好像发生在很久以前而非昨天。它和眼下的事物毫不相干——黑色的大理石浴室、放着温暖洗澡水的浴缸、盛着上等里奥哈葡萄酒的水晶杯，正容我慢慢享受。我们下榻在一家非常豪华的旅店，佩特鲁斯正待在卧房里，不在跟前。

"为什么是十字架？"我追问。

"真是费了好大工夫，才让前台相信你不是个乞丐。"他在卧房里喊道。

他又岔开了话题。经验告诉我，再问下去也没用。于是我站起身，穿上长裤、洗干净的衬衣，开始重新包扎伤口。

我小心翼翼地解开绷带，本以为会看见伤口化脓，但只是疤痕裂开出了点血，已经结痂。我感觉自己正在好转，变得精力充沛起来。

在旅店的餐厅，佩特鲁斯点了特色菜巴伦西亚海鲜饭。我们默默吃着，伴着美味的里奥哈酒。吃完饭后，佩特鲁斯邀我一起出去转转。

我们走出旅店，朝火车站的方向走去。佩特鲁斯又恢复了往日的缄默，一路上默不作声。我们来到一个火车调车场，这里脏兮兮的，满是机油味。佩特鲁斯在一台巨大机车的车钩旁坐了下来。

"我们在这里待会儿吧。"他说。

我不想让油污脏了裤子，便决定站着。我问他干吗不去蓬菲哈达的中心广场坐着。

"圣地亚哥之路很快就要结束了。"我的向导说，"既然我们之后的生活更接近这些满是油污的车厢，而非一路上的田园小屋，还是在这儿谈吧。"

佩特鲁斯让我脱掉鞋子和衬衣，然后他解下我胳膊上的绷带，我的两臂自由了，但没拆手上的绷带。

"别担心，"他说，"你现在用不到手，至少不拿什么东西。"

他比往常严肃，这让我颇感不安。我预感又将有什么重要的事情发生。

佩特鲁斯又坐了回去，盯着我看了很久，然后说道：

"昨天的事，我不会多说什么。它的意义得由你自己去发现，而且只有你决定去走罗马朝圣之路，也就是'天赋与神迹之路'时，才能有所领悟。现在我只想告诉你：自诩聪明的人，往往在下达命令时犹疑不决，在服从命令时又不听管束。发号施令让他们尴尬，服从命令又觉得屈辱。你永远也别这样。

"在旅馆房间里，你说寻求智慧之路会将人引向牺牲，这是错误的。你的学习并没有在昨天结束，因为你还没有找到剑，也没有发现剑所携带的秘密。'拉姆修行术'是让人投身'善战'，在生活中运筹帷幄。你昨天经历的也只是朝圣路上的一次考验，日后走上罗马之路的一项准备，如果你愿意去的话。所以，你有那种想法，我很难过。"

他的声音里的确透着一股哀伤。我发现一起走了这么久，无论他教我什么，我几乎总抱着怀疑的态度。面对巫师唐望的教导，我不是一个谦逊而强大的卡斯塔尼达；面对简单易行的"拉姆修行术"，我显得高傲而叛逆。我想把这些都告诉他，不过为时已晚。

"闭上眼睛。"佩特鲁斯说道，"练习'拉姆吐纳法'，让自己与这里的钢铁、机器和油污味和谐相处。这就是我们的世界。等我完成自己的任务，再教你一套灵操后，你才能睁开眼。"

我开始专心练习吐纳法，闭上双眼，身体放松。我听见了城市的喧嚣，远处几只狗在吠叫，还有争吵声嗡嗡入耳，听上去离我们挺近。突然间，我听到了佩特鲁斯的声音，他唱起了一首意大利歌谣。我年少时，派皮诺·迪·卡普里曾经演唱过这首歌，并且大获成功。虽说我听不懂歌词，但这首歌带给我很多回忆，我进入了一种更加沉静的状态。

　　"一段时间以前，"佩特鲁斯停住了歌声，开口说道，"我在筹备一个项目，正要递交米兰市政厅审核，却收到了我师父的口信。他说有一个人走完了'传统'之路，却没有拿到自己的剑。这次要我带他走过圣地亚哥之路。

　　"我并没有感到惊讶。为了未完成的任务，我一直等着接受召唤：带领一名朝圣者走过'银河之路'，就像当初有人带领我一样，以作为回报。但我非常紧张，因为这是我第一次做向导，不知道自己能否完成使命。"

　　佩特鲁斯的话让我大吃一惊。我一直以为这条路他已带人走过几十次了。

　　"随后你来了，我带着你走。"他继续说下去，"我得承认最初很困难，因为你对教诲的心灵层面更感兴趣，而对于这条凡人之路的真义，反倒不太在乎。在遇见阿方索之后，我们的关系更加坚实和紧密了，而且我相信，我能让你学到那把剑的秘密。但这没有成真，所以现在，你必须在所剩无几的时间里，自己发现这个秘密。"

这番话让我非常紧张，无法集中精神练习吐纳。佩特鲁斯应该是发现了这点，重新唱起那支老歌，等我再次放松，他才停下来。

"如果你发现了那个秘密并找到剑，你会同时揭开'拉姆'的真面目，成为法力的主人。但这并不是全部，要获得完整的智慧，还要走过三大朝圣之路的另外两条，以及那条秘密之路，即便走过它的人都无法为你做向导。我告诉你这些，是因为这是我们最后一次会面。"

此时我觉得心咯噔跳了一下，情不自禁地睁开了眼睛。只见佩特鲁斯浑身闪着光，这种光芒我只在师父身上看到过。

"闭上眼睛！"

我立即遵命行事，但已心烦意乱，再也无法集中精力。我的向导重新唱起那首意大利歌谣，唱了很久，我才稍稍放松了一些。

"明天你会收到一张纸条，告诉你我要去哪里。我会出现在一个接纳仪式上，那是向'传统'致敬的仪式，也是向数百年来让智慧、'善战'和博爱的火焰长燃不熄的人们致敬的仪式。到时，你不能和我说话。我们会面的场所是神圣的，走过'传统'之路的骑士用鲜血浸染了那里。即便他们剑芒锋利，也未能打败黑暗。但是，百年之后，走过不同道路的人们仍会去往那里，向他们献祭致敬，这就证明他们的牺牲并没有白费。这很重要，你也不能忘记：即便有一天你成了师父，也要记住自己的路只是通向上帝的众多道路中的一条。耶稣曾经说过'在我父的家里有许多住处'①。你要明白他这话的意思。"

佩特鲁斯又说，过了明天，我就再也见不到他了。

"将来的某一天，你会收到我的口信，让你带领一个人走过圣地亚哥之路，就像我引导你一样。到时候，你将亲身体验这趟旅程的一大秘密，我现在就要告诉你的秘密，虽然只是用语言传达。唯有亲身体验才能理解。"

接着是一阵长久的沉默。我想，也许佩特鲁斯改变了主意，或者已经离开了调车场。我真想睁开眼看看发生了什么，但还是努力集中精神，专心练习着"拉姆吐纳法"。

"这个秘密就是，"过了很久，佩特鲁斯的声音又出现了，"只有在教导他人的时候，你才能真正受益。我们一起走过神奇的圣地亚哥之路，在你学习各种灵操时，我才真正认识到它的意义。通过教导你，我真正学会了它。通过担任向导，我找到了自己的路。

"如果你找到了剑，也得带他人走过这条路。只有接受了'师父'的头衔，你才能找到内心所有问题的答案。在他人告

① 《约翰福音》14:2。

诉我们答案之前，每个人已对一切有了认知。生活每分每秒都在教导我们，而唯一的秘密就是——得认识到仅凭聆听日常生活的点滴，我们便能像所罗门一样充满智慧，像亚历山大大帝一样强大。但是只有在我们不得不教导他人并参与这类离奇冒险时，才能认识到。"

我正经历着人生中最出乎意料的一场离别。这个在这段时间和我关系如此紧密的人，却让我闭着眼睛，把我扔在半路，扔在这样一个弥漫着机油味的调车场，而我本指望他能将我领到终点。

"我不喜欢说再见。"佩特鲁斯接着说，"我是个意大利人，很容易动感情。但依照'法则'，你必须自己找到剑，这是让你相信自己能力的唯一方法。该教你的我都教了，只剩舞蹈灵操。我此刻就教给你，明天你要在仪式上练习。"

他又沉默了很久，然后说道：

"荣耀者荣耀我主。你可以睁开眼了。"

佩特鲁斯依然坐在车钩旁。我什么也不想说，因为我是个巴西人，也很容易动感情。那盏照耀着我们的水银灯开始闪烁，远处一列火车在鸣笛，宣告着它的到来。

随后佩特鲁斯教了我舞蹈灵操。

"还有一件事，"他盯住我的眼睛深处说道，"当初我完成朝圣后，画了一幅很大很美的画，描绘了路上经历的一切。

～舞蹈灵操～

放松，闭上眼睛。

回想一生中最早听到的几首歌谣，并在脑中默唱。慢慢地，让身体的某部分——双脚、腹部、双手、头部等——只是一部分，随着所唱的旋律舞蹈。

五分钟后，停止默唱，聆听周围的声音。随着这些声音谱成的曲调起舞。什么也别想，只要记住脑中自发涌现出的画面。

人要与"无限智慧"沟通交流，而舞蹈是最完美的形式之一。

练习时间为十五分钟。

圣地亚哥之路属于芸芸众生，如果愿意，你也可以画上一幅。如果你不会画画，那就写点东西或者编套芭蕾舞什么的。这样，无论身在何处，人们随时都可以走上雅各之路、银河之路、神奇的圣地亚哥之路。"

刚才鸣笛的那列火车进站了。佩特鲁斯向我挥挥手，随后消失在调车场的节节车厢间。我在火车制动、车轮摩擦钢轨的声音中站立着，试着理解头顶这片神秘的银河。它的繁星引我来到这里，并默默引导着全人类的孤寂与命运。

第二天，我在旅馆房间的小信箱里找到一张纸条：晚七点，圣殿骑士城堡。

整个下午，我都在城里闲逛。蓬非哈达城并不大，我走了三四个来回。在城中远远地便可看见一座山丘上的城堡，那是傍晚时分我要去的地方。圣殿骑士总能令我浮想联翩，而蓬非哈达的城堡也不是圣殿骑士团在圣地亚哥之路上唯一的标志。当初，九位骑士随十字军东征后不愿卸甲还乡，组建了圣殿骑士团。没过多久，他们的势力就遍及欧洲，并在千禧年之初掀起了一场真正的风俗革命。当大部分贵族还只想着压榨奴隶，在封建制度的保护下大发横财，圣殿骑士们已奉献出自己的生命、财产和宝剑，只为了一项事业：

保护耶路撒冷之路上的朝圣者，追求一种精神生活范式去探寻智慧。

一一一八年，雨果·德帕英和其他八位骑士，齐聚在一座废旧古堡的庭院里，共同宣誓要热爱人类。两百年后，骑士团已拥有五千名成员，遍布整个已知的大陆。他们的出现调和了军事和宗教这两项在当时看来水火不容的活动。他们捐献出了自己的财产，而成千上万的朝圣者又以捐赠表示感激，这使得圣殿骑士团在短短时间内积聚了难以估量的巨额财富。由于骑士们诚实守信，许多王公贵族出门旅行前都把自己的财产托付给他们，只随身携带一份财产证明文件。这一纸文件可以在任何一座圣殿骑士团的城堡里兑换成等额的钱款。这就是我们今天熟知的汇票的起源。

而且，精神上的虔诚使圣殿骑士们懂得了一条伟大的真理，这真理昨晚佩特鲁斯也提起过："在我父的家里有许多住处。"因此，他们试图搁置各种宗教间的冲突，将当时几大一神论的宗教团结起来，包括基督教、犹太教和伊斯兰教。于是，他们的宗教场所也有了犹太所罗门圣殿的圆顶，阿拉伯清真寺的八角围墙，当然还有基督教教堂独有的中殿。

由于处处领先，圣殿骑士们渐渐招来猜忌的目光。各国君主纷纷垂涎其巨额财产，而其宗教上的开放态度也威胁到了罗马教廷。一三〇七年十月十三日，星期五，梵蒂冈和几个欧洲大国联手展开了一场中世纪最大的清洗行动。当夜，圣殿骑士团的几位首领被劫持出城堡，投入监狱，并以多项罪名被指控，包括崇拜魔鬼、亵渎基督、聚众淫乱、鸡奸信徒等等。经过一连串严刑拷打，他们中有的放弃信仰，有的彼此出卖，圣殿骑士团被从中世纪的历史版图上彻底抹去。他们的财产被没收，成员散落各地。最后一任大团长雅克·德莫莱在巴黎市中心和另一名同伴被活活烧死。他的最后一个请求就是能看着巴黎圣母院的塔楼死去。①

当时正在进行伊比利亚半岛光复战争的西班牙，认为正好可以招募全欧洲四处逃亡的骑士，来帮助自己抗击摩尔人。这些骑士被西班牙的众多教团吸纳，其中就包括专门负责这条朝圣路安全的圣地亚哥宝剑骑士团。

这一切从我脑中匆匆闪过时刚好是晚上七点，我正穿过蓬非哈达圣殿骑士古堡的大门，按照约定，这里将有一个"传统"教团的集会。

城堡里空无一人。我等了半个小时，一根接一根地抽着烟，甚至想到了最糟的可能：仪式的举行时间是早上七点。就在我决定离开的时候，走进来两个姑娘，她们带着一面荷兰国旗，衣服上缝着扇贝壳——圣地亚哥之路的象征。她们

---

① 如果想对圣殿骑士团的历史和重要性了解更多，本人推荐《圣殿骑士》（欧美出版社）一书，书不厚但很有意思，作者为雷吉纳·培诺。——原注

走到我面前，我们交谈了几句，原来大家等的是同一个仪式。纸条没有写错，我松了口气。

此后，每隔十五分钟就进来一个人。一个澳大利亚人，五个西班牙人，还有一名荷兰人。除了询问时间安排——大家对此都很困惑——我们几乎没什么交谈。城堡里有处废弃的天井，很久以前用来囤放食物的，我们就在那里坐下来，决定等个究竟，哪怕再等上一天一夜。

等得久了，我们才聊了几句来到这里的缘由。我这才知道，很多教团都在使用圣地亚哥之路，而其中大部分与"传统"教团有关联。在场的人都经历了多道考验，参加过许多接纳仪式，不过这些考验我很早以前在巴西时就知道。只有我和那个澳大利亚人是在争取"第一道路"的最高等级。不必细谈，我便知道他的经历与"拉姆修行"截然不同。

晚上八点四十五分左右，正当我们聊起各自的生活时，一声锣响从城堡的老教堂里传出。我们循声而去。

那场面真令人难忘。教堂——可以说是教堂的遗址，因为大部分已成废墟——被火把照亮。原来放置祭台的地方，出现了七个身着圣殿骑士古老装束的人影：风帽、钢盔、铠甲、宝剑和盾牌。我惊讶得屏住呼吸，仿佛时光倒回了过去，只有我们身上的衣服、牛仔裤和缝着贝壳的T恤还保留着一点现实感。

即便火把光照微弱，我依然能辨认出其中一名骑士就是佩特鲁斯。

"走近你们的师父。"其中看上去最年长的一位说道，"只看着他的眼睛。脱下你们的衣服，接受法衣。"

我走到佩特鲁斯面前，紧紧盯住他的双眼。他正处于一种痴迷状态，好像没有认出我来。但我看得出他的眼中有一股忧伤，与昨晚他声音里透出来的忧伤一样。我把衣服全部脱掉，佩特鲁斯递给我一件黑色长袍，袍子带着香气，穿在我身上还有些松垮。我推断其中某位师父肯定不止一个徒弟，但我看不到是哪位，我必须盯着佩特鲁斯。

随后，大祭司领着我们走到教堂中央，两位"圣殿骑士"围着我们画了一个圈，同时吟诵道：

"特里尼塔，索特，弥赛亚，以马内利，萨巴霍托，阿多纳伊，阿达纳托斯，热苏……"[①]

圈画好了，这为圈中人提供了必要的保护。我注意到我们中有四个人穿的是白袍，这意味着他们立过贞洁誓言。

"阿米德斯，特奥多尼亚斯，阿尼托尔！"大祭司念道，"主啊，凭借天使的美德，我穿上拯救之法衣，愿我所希望的一切，

---

①仪式很长，只有熟悉"传统"之路的人才能完全理解，在此我只作简略叙述。但这并不影响本书的阅读，因为该仪式旨在与先人重聚，并向其致敬。这段圣地亚哥之路的重中之重"舞蹈灵操"，在此会有完整描述。——原注

通过您，我神圣的阿多纳伊①，一切得以成真。您的天国永存。阿门！"

随后大祭司在铠甲外套上了一件白斗篷，斗篷正中绣着圣殿骑士团的红十字标志。其余几名骑士也披上了斗篷。

晚上九时整，正是使者墨丘利的钟点。我在这里，再一次处于"传统"之圈中。薄荷、罗勒和安息香的味道在教堂里弥漫。全体骑士开始进行盛大的祈祷：

"啊，伟大万能的国王 N，凭借至高神灵埃尔②的法力，您统治着一切高尚与低贱的灵魂，我恳求您……无论我盼望什么，只要符合您的本意，请让我得偿所愿，凭借天地万物之主宰埃尔神的法力。"

深沉的静谧笼罩着每个人，那众人祈求的神灵，我们不用看也能感觉到他的存在。这是一种祝圣仪式，是个吉兆，表示魔法可继续施展。这样的仪式我已参加过上百次，往往到此刻就会有出乎意料的事情发生。大概是圣殿骑士城堡激发了我的想象力，我似乎看见教堂左边的角落里盘旋着一只从未见过的飞鸟，全身闪闪发光。

---

①犹太教严禁直呼神的名字，而代之以"阿多纳伊"，意为"我主"。
②在迦南人与黎凡特的宗教中，埃尔是最高的神明，众神之主，人类以及所有受造物的祖先。

大祭司站在圈外往我们身上洒着圣水。他用"圣墨"在地上写下七十二个名字，那是"传统"中召唤上帝所用的称呼。

我们大家——朝圣者和众骑士一起开始背诵这些神圣的名字。火把烧得噼啪作响，这标志着圣灵已经听从召唤。

跳舞的时刻到了。我终于明白为什么佩特鲁斯要在昨晚教我这种舞蹈。我以往在这个阶段跳的舞都不一样。

有一条规则大家心照不宣：由于没有那种骑士铠甲的保护，谁也不能跨出保护圈半步。我目测了一下圆圈的大小，然后严格地按照佩特鲁斯的教导跳起舞来。

我开始回忆自己的童年。一个遥远的女声在心中响起，她哼唱着一支简单的曲子。我跪在地上蜷起身子，呈种子状。我感到前胸——只有前胸——开始舞动。我感觉很好，已渐渐融入"传统"仪式之中。慢慢地，我心中那首歌曲变了调子，我也加大了动作幅度，进入一种热忱的痴迷状态。眼前一片漆黑，身体仿佛在这片黑暗中失去了重力。我穿过了阿加塔鲜花烂漫的田野，在那里遇见了我的祖父，还有一位对我童年影响很大的叔父。时光在方形的网格里摇摆震荡，所有的道路都交织在一起，各条道路原本迥异，瞬间却又千篇一律。这时，我看见那个澳大利亚人飞快地一闪而过，身上闪耀着红色的光芒。

接下来出现的一幅完整画面是一只圣杯和一个圣餐盘①，这幅画面定格了很久，像要告诉我什么。我试图破解其中的含义，却毫无收获，只能确定这与我的剑有关联。然后，我觉得自己看见了"拉姆"的面容，在圣杯和圣餐盘消失后，它从黑暗中浮现出来。但当这副面容靠近时，却变成了受召神灵 N 的脸孔，他已是我的老相识。我们没有进行任何交流，随后这面孔便在忽隐忽现的黑暗中消散了。

我不清楚究竟跳了多久的舞，突然听见一个声音传来。

"雅赫维，四字神②……"

我不想摆脱目前这种痴迷状态，但那个声音不依不饶。

"雅赫维，四字神……"

我分辨出是大祭司的声音，他想让我们都回到现实中。我挺恼火。"传统"是我的根，我不想回来。但这位大祭司继续念道：

"雅赫维，四字神……"

无法再痴迷了，我很不情愿地回到现实，又一次站在了魔圈里，置身圣殿骑士城堡营造的古朴氛围中。

我们几个朝圣者面面相觑，突然间被打断，好像都挺恼火。

①一种圆盘，通常为金制。在弥撒仪式上，神父用它来盛放圣体饼。——原注
②"雅赫维"即耶和华。原是四个希伯来辅音字母 YHWH，因犹太教禁止直呼神名，所以神的名只记辅音，而不记元音。据学者考证，"耶和华"是误读。

我很想告诉那个澳大利亚人刚才看见的一幕。于是我朝他望去，却发现不必多说：他也看见我了。

众骑士将我们围住，抽出宝剑，击打着盾牌，声音震耳欲聋。大祭司口中念道：

"神灵N，因你殷勤听从我的请求，现在我庄严应允你离开，莫要伤及人畜。去吧。每当'传统'神圣仪式召唤时，定要即时返回。我祈求你平和安静地离去，愿神的和平在你我之间永存。阿门。"

众骑士又散开了，大家都低头跪下。一位骑士和我们一起念了七遍"主祷文"，道了七次"万福马利亚"。大祭司还念了七声"我信天父"，并说这是自默主哥耶圣母一九八二年在南斯拉夫显灵后订立的。接下来，我们要进行一项基督教仪式。

"安德鲁，起身上前。"大祭司说道。那个澳大利亚人去到祭台前，七名骑士正站在上面。

有位骑士——应该是他的向导——说道：

"兄弟，你需要'圣殿'与你同在吗？"

"需要。"他答道。我知道现在进行的是哪种基督教仪式了，是圣殿骑士接纳仪式。

"你知道'圣殿'伟大的威严与仁慈的戒律吗？"

"为了上帝，我已准备好承受一切。我愿永远做'圣殿'的奴仆，日日夜夜，竭尽此生。"澳大利亚人答道。

接着骑士又问了一连串的问题，有的在当今世界已经失去意义，另一些则涉及献身与爱。安德鲁低着头，一一作答。

"杰出的兄弟，你向我要的非比寻常。对于我们的宗教，你看到的只是外壳、骏马与华服。"他的向导说道，"但你不知道，它的内部有严苛的清规戒律：身为自己的主人，却要去做别人的奴仆，这非常困难。你无法随心所欲。你想待在这里时，可能会被差往大洋彼岸；你想去阿卡①时，可能会派你到特里波利②，或是安蒂奥基亚③，又或是亚美尼亚；你想睡觉时，可能必须值夜；你想守夜时，又可能命令你上床休息。"

"我愿意加入'圣殿'。"澳大利亚人答道。很久以前住在这城堡里的圣殿骑士们仿佛也在满意地注视着这场接纳仪式。火把熊熊燃烧，噼啪作响。

接着是宣读训诫，澳大利亚人向众人表示每一条都接受，他愿意加入"圣殿"。最后，他的向导转向大祭司，复述了澳大利亚人的每一句回答。大祭司神情庄重，再次问澳大利亚人是否愿意接受"圣殿"的所有戒规。

"是的，大法师，如果上帝应允。我来到上帝面前，来到

①以色列古城。
②希腊城市，位于伯罗奔尼撒半岛中部。
③哥伦比亚西北部省份。

您的面前，来到众位兄弟面前，我恳请您、祈求您，看在上帝与圣母的分上，收我在您身边，让我在精神和物质上蒙受'圣殿'的恩惠。我愿成为'圣殿'的奴仆，从今以后，一生一世。"

"天主仁慈，我允你入会。"大祭司说道。

这时，众位骑士一齐拔剑出鞘，直指天空，然后按下剑身，在澳大利亚人的头顶上方拼成一顶钢冠。火光映照，剑身金光闪闪，使这一刻更显神圣。

向导庄严地来到他面前，将剑交给了他。

有人敲响了钟，钟声在古堡的墙壁间回荡，久久不绝。我们都低下头去，众位骑士从视线中消失了。再抬起头时，只剩下了十个人。澳大利亚人已随骑士们参加庆祝宴会去了。

我们换上自己的衣服，草草道了别。一定是舞了很久，因为此刻天已蒙蒙亮。一种强烈的孤独感袭上心头。

澳大利亚人拿回自己的剑，结束了这场探寻，我有些嫉妒他。现在我孤身一人，再也无人引路。"传统"在那个遥远的南美国度驱逐了我，却没有教给我回去的路。于是我不得不踏上神奇的圣地亚哥之路。路已快走完，我却仍未发现剑的秘密，也不知如何才能找到它。

钟声仍在响。走出城堡大门时，天正在变亮。我这才发现钟声来自附近的一座教堂，是要召唤虔诚的信徒参加当天的第一场弥撒。城市渐渐苏醒，又要去面对一天的工作、熬人的情爱、遥远的梦想，还有那未付的账单。不过，钟声和城市并不知道昨夜一场古老的仪式再次上演。被人认为消亡了几百年的事物还在继续，并展现着它的巨大力量。

塞布雷罗山

"您是朝圣者吗？"小女孩问我。在这个酷热的下午，这是我在别尔索自由镇①见到的唯一一个人。

我看看她，没有回答。小女孩大概有八九岁，衣着破旧。我在一座喷泉边坐下歇息时，她跑过来了。

现在，我一心只想着尽快赶到圣地亚哥，结束这场疯狂的冒险。我无法忘记调车场里佩特鲁斯那忧伤的语调，也忘不了在"传统"仪式上，我凝视他双眼时他那遥远的目光，仿佛他为帮助我所做的一切都是徒劳。当澳大利亚人被召唤到祭台前时，我敢肯定他也希望我的名字能被叫到。我的剑很有可能就藏在那座城堡里，那里处处都是传奇故事与先辈的智慧。它与我迄今为止得出的所有结论都完全吻合：业已荒废，偶有零星的朝圣者前来凭吊圣殿骑士团的遗迹，而且是

①位于西班牙莱昂省别尔索县，距圣地亚哥187公里，当地说加里西亚语。

一个神圣场所。

但是，只有那个澳大利亚人被叫到了祭台前。佩特鲁斯一定觉得在众人面前丢了面子，因为他不是一个称职的向导，没有带我找到宝剑。

不过，那场"传统"仪式却再次激起了我对玄秘智慧的着迷，尽管神奇的圣地亚哥之路这条"凡人之路"已让我忘却了它。召唤神灵、对物质的绝对控制、与其他世界的交流，这些都比"拉姆修行术"要有趣得多。但说到日常生活，"拉姆修行术"能派上的用场也许更为实际。毫无疑问，自从踏上这神奇的圣地亚哥之路，我已经改变了许多。在佩特鲁斯的指导下，我发现已有的知识可以让我穿越瀑布、击败敌人，还能和信使进行交流，谈论一些客观又实际的话题。我见识到了自己死亡的真正面目，还看到"噬人之爱"的蓝色之球如何席卷了整个世界。我还准备好投身"善战"，让自己的生活凯歌频奏。

尽管如此，我隐藏起来的一面仍在怀念那圆圈的魔力、超验的仪式、焚香的味道及"圣墨"的书写。佩特鲁斯所谓"缅怀先人"的仪式，让我又密集地接触到早已遗忘的旧课程，不得不去怀念。也许我再也没有机会触及那个世界了。想到这里，我便心灰意冷，不愿前行。

"传统"仪式结束后，我回到旅馆，看见钥匙旁边摆着一本《朝圣者指南》。以往每次碰到黄色标记不是很清楚的情况，佩特鲁斯便会查看此书，并用它来估算城镇之间的距离。那天上午，我没做休整便起身上路，离开了蓬非哈达。到了下午，我才发现地图的比例尺不对，不得不露宿野外，在一个山洞里过了夜。

在洞中歇息时，我回想起自遇见洛尔德斯夫人后发生的一切。我总是在想佩特鲁斯不遗余力，是希望我明白最重要的是回报，这与我们通常所受的教诲恰恰相反。努力固然有益，而且必不可少，但如果没有回报，它便毫无意义。经历了这一切，我唯一的期望便是找到剑，但这至今仍未实现。离终点圣地亚哥也只有寥寥数天的路程了。

"如果您是朝圣者，我可以带您去'宽恕之门'。"别尔索自由镇的喷泉边，小女孩对我说，"通过那道门的人，就不用去圣地亚哥了。"

我给了她几块钱，叫她赶快走开，自己好清静会儿。她非但没走，反而玩起喷泉的水来，把我的书包和裤子都弄湿了。

"先生，先生，咱们走吧。"小女孩继续催促着。当时，我正在回想佩特鲁斯常引用的那句话："耕种的当存着指望去耕种，打场的也当存得粮的指望去打场。"[1]这是使徒保罗的一

---

[1]《哥林多前书》9:10。

封书信中的话。

我得再坚持一下，不能惧怕失败，而是要继续寻找，直至终点。还有希望找到剑，然后揭开它的秘密。

不过，谁知道呢，也许这小女孩是真想告诉我些什么，只是我自己不愿去弄清楚。如果走过建在教堂里的"宽恕之门"与到达圣地亚哥有同样的精神效果，为什么我的剑不可能藏在那里呢？

"我们现在就去。"我对小女孩说。随后，我回头看了看身后那座山，刚从那里下来，现在又得爬上去。之前路过"宽恕之门"时，我对它毫无兴趣，心里只有一个目标——抵达圣地亚哥。但是，现在却来了这么个小姑娘，在酷热难当的夏日午后出现的唯一一个人。她非要我回头，去看看那个当初漫不经心走过的地方，也许匆忙和泄气让我与目标擦肩而过，没认出它来？最重要的是，我给了钱之后，她为什么还不走呢？

佩特鲁斯经常说我太爱幻想，但他也有可能是错的。

跟着小女孩往回走时，我又忆起了"宽恕之门"的历史。这是教会为生病的朝圣者所做的一种"安排"，因为从这里起，朝圣之路又变得山峦起伏，坎坷艰险。于是在公元十二世纪，某位教皇宣称，再也无力继续前进的人，只要穿过"宽恕之门"，便能得到和到达终点的朝圣者同等的救赎。这一方式神妙地化解了重山阻隔的难题，反而鼓励了更多的人前来朝圣。

我们沿着下山时的原路又爬了上去，山路蜿蜒，又滑又陡。小女孩走在前面，爬得飞快，中间有好几次，我不得不叫她走慢点。她慢下来了，但很快又越走越快，几近小跑。就这样，我抱怨连连地爬了半个多小时，终于来到了"宽恕之门"。

"我有教堂的钥匙。"她说，"我先进去，从里面打开'宽恕之门'，好让您穿过去。"

小女孩进了大门，我在外面等着。这是座小教堂，"宽恕之门"面北而开。门框上镶满了扇贝壳，还画有圣雅各的生平。我听见了开锁的声音。就在这时，不知从哪里冒出一只巨型德国牧羊犬，横在我和门之间。

我立即做好了战斗准备。又来了，我心想，这种事好像没完没了。总有那么多考验、搏斗和羞辱，但我的剑连个影子都没有。

就在此时，"宽恕之门"从里面打开，小女孩出现在门前。她看见那只狗正瞪着我，而我也目不转睛地盯着它，便温柔地说了几个字。那狗立刻变得温顺起来，摇着尾巴，跟着她向教堂里面走去。

也许佩特鲁斯说的没错，我的确喜欢幻想。一只普通的牧羊犬也能被我想象成某种可怕的、充满灵异的东西。这不是个好兆头，说明我疲倦了，而疲倦是会导致失败的。

不过还存有一线希望。小女孩招手让我进去。我满心期待地穿过"宽恕之门"，这能和到达终点的朝圣者得到同等的救赎。

里面很空旷，圣像不多，我双眼扫过去，搜寻着内心唯一牵挂的东西。

"所有的柱头上都有贝壳，这是圣地亚哥之路的象征。"小女孩当起了导游，"这是圣女亚加大，年代是……"

我很快意识到这段回头路算是白走了。

"这是圣地亚哥·马塔莫洛斯，他正挥舞着宝剑，马蹄下踩着摩尔人。塑像的年代是……"

那是圣地亚哥的剑，不是我的。我又递给小女孩几块钱，但她有点生气，不肯收钱，还叫我马上离开。就这样，关于教堂的游览结束了。

我再次下山，重新朝圣地亚哥的方向走去。这次穿过别尔索镇时，出现了另一个人，自称安吉尔①，问我是否想去看一看"木匠圣约瑟②教堂"。这人的名字还真有些神奇。不过刚刚失望一场，我必须要说佩特鲁斯真是洞察人性。我们总会幻想不存在的事物，对眼前的深刻教训却视若无睹。

—————————————————
①西班牙语中，"安吉尔"的意思是"天使"。——原注
②耶稣的养父，以木匠手艺为生。

好像仅仅是为了再次证明这一点，我跟随着安吉尔来到了另一座教堂。教堂已经关门了，他没有钥匙。他指给我看大门上方的雕像，那是手拿木匠工具的圣约瑟。我看了看雕像，向他道了谢，并递给他几块钱。他不肯收下，把我扔在了路中央。

"我们为自己的居所感到骄傲。"他说道，"我们这么做不是为了钱。"

我再次沿原路返回。一刻钟后，我便把别尔索自由镇，连同它的大门、街道和不求回报的神秘导游抛在了身后。

我在山中走了一段时间，费了不少力气，却没走出多远。起初，我仍为先前那些问题忧虑：孤独、因为让佩特鲁斯失望而惭愧，还有我的剑的秘密。但是渐渐地，小女孩和安吉尔的形象开始不停地出现在我脑海里。我一心只想着回报，他们却把自己最好的东西——对那座城市的爱——送给了我，并毫无所求。一个模糊的想法逐渐在心底产生，把发生的一切都联系了起来。佩特鲁斯总说，要想取得胜利，追求回报是完全必要的。但每当我忘乎一切，只惦记着自己的剑时，他又要用痛苦的方式让我回到现实。在整条朝圣之路上，这个过程已重复过许多次。

这是故意的，也许剑的秘密就在其中。深埋心底的想法呼之欲出，已透出一线光芒。虽说我仍不清楚那是什么，但有个声音告诉我，这条路走对了。

心里涌起对安吉尔和那个小女孩的感激，他们对教堂的讲解充满"噬人之爱"。我本来已定好路线，他们却让我在这条路上往返了两趟。这让我忘却了对"传统"仪式的痴迷，重新回到了西班牙的土地上。

我想起很久前的一天，佩特鲁斯告诉我，我们在比利牛斯山中的同一条路上往返多次。我真怀念那天。那是一个好的开端，而现在类似的情境在重演，或许也预示着一个好的结束。

这天晚上，我来到一座村庄，在一个老妇人家里借宿。她只收了我一点食宿费。我们聊了会儿，她说起自己对"圣心耶稣"的信仰，和对大旱之年橄榄收成的担忧。喝了点酒和汤后，我早早歇息了。

入睡前，我心绪宁静，因为那个想法已在心里逐渐成形，而且很快就要破土而出。我做了祷告，练了几套佩特鲁斯教我的灵操，然后决定召唤阿斯特赖恩。

我需要和他探讨一下我与狗的那场搏斗。那天，他千方百计想让我输掉，扛十字架的时候又拒绝伸手相帮，我当时决定将他赶出我的生活。不过，若不是听出了他的声音，或许我已屈从于整场搏斗中曾出现的那些诱惑。

"你那天竭尽全力，一心让'群'赢我。"我说道。

"我不会与我的兄弟们作对。"阿斯特赖恩回答说。这回答果然不出我所料，我对此早有准备。信使由着自己的性子做事，傻瓜才会生他的气。我必须找到他作为好伙伴的一面，让他在这种关头帮我一把——这是他唯一的作用。于是我放下怨恨，和他眉飞色舞地谈论起朝圣之路、佩特鲁斯，还有我心中已有眉目的剑的秘密。虽说他没告诉我任何重要的信息，只说自己无从知晓这些秘密，但至少让我在沉默了整整一下午后，有了个可以倾诉的对象。我们聊到很晚，最后老妇人来敲我的门，抱怨我睡觉还不停说梦话。

早晨醒来时，我只觉得神清气爽，一大早便继续赶路。我推算了一下，当天下午便能到达圣地亚哥所在的加利西亚地区。这一路全是上坡，为了完成自己预计的进度，我竭尽全力行进了将近四个小时。我始终盼望翻过下一道山脊后就是下坡，但这个愿望从来没有实现过，最终只得放弃上午走快一些的计划。望着远处几座更高的山峰，我提醒自己：迟早我要翻越它们。然而身体上的劳累已令我几乎放空思绪，我开始感到自己更友善了。

得啦，我心想，放弃一切就为找一把剑，世上有多少人能把这个当回事？就算找不到剑，这对我的生活又能有多大影响？我已经学会了"拉姆修行术"，结识了自己的信使，和狗进行过搏斗，并看过了死亡的面孔——我重复着这些话，又一次试图说服自己，圣地亚哥之路对我有多么重要。剑只是一个结果，我很想得到它，但更想知道能拿它做些什么。因为我必须在实际生活中使用它，就像运用佩特鲁斯教的各种灵操一样。

我突然停住了。潜藏心底的想法终于破土而出，周围的一切豁然开朗，一股难以压抑的博爱奔涌上心头。我多么希望佩特鲁斯就在面前，好让我告诉他一直想从我口中听到的话。其实，这就是他等着我去发现的唯一的东西，在神奇的圣地亚哥之路上花费了那么长时间，传授了那么多学问，都是为了这最后的一件事：那把剑的秘密！

人的一生中会有许多场征服，每一场背后都有同样的秘密，就是这世上最简单的道理。我那把剑也一样，它的秘密便是——用剑来做什么。

我以前从未想过这一点。走在神奇的圣地亚哥之路上，我一心想知道的只是剑藏在哪里。我从未问过自己为什么希望找到它，又拿它做些什么。我将全部精力都集中在回报上，却不明白一个人如果对一样东西充满渴望，那一定是有明确的用途。这是寻求回报的唯一目的，也是我那把剑的秘密。

佩特鲁斯希望我知道这一点，但我确信再也见不到他了。

为了这一天，他等了那么久，却没能亲眼看见。

于是我默默跪下，从笔记本里撕下一张纸，在上面写上自己想用剑做些什么。然后，我小心翼翼地将纸折好，塞在一块石头底下——这石头让我想起佩特鲁斯和他的友谊。[①]我知道用不了多久，时光便会将这页纸吞噬，但我已将它象征性地交给了佩特鲁斯。

他知道我发现了剑的秘密。我和他的使命也已完成。

我爬上一座山峰，博爱在心中涌动，为周围的风景平添了几分色彩。我已经发现了那个秘密，该去找所寻找的东西了。一种无法动摇的信念占据了我的身心。我开始唱佩特鲁斯在调车场唱过的那首意大利歌谣。我不知道歌词，就自己编。这片茂密的丛林不见一个人影，与世隔绝的感觉让我的歌唱声更加响亮。我渐渐发现，自己编的歌词竟也生出些意味，它是我与世界沟通的一种方式，而且只有我能明白，因为此刻世界正在教导我。

第一次遭遇"群"时，我便以一种截然不同的方式体会过这一点。那天，我身上展现出了"语言天赋"，我成了圣灵的奴仆，它利用我拯救了一个妇人，创造了一个敌人，并教给我"善战"的残酷形式。现在不一样了：我是自己的师父，

---

① 在葡萄牙语中，石头（pedra）与佩特鲁斯（Petrus）拼写相近。

正在学着如何同宇宙交谈。

我开始与出现在路上的一切事物对话：树干、水洼、落叶、绿藤。这件事我们每个人都做过，孩提时便会，成年后却忘记了。与此同时，万事万物都给出了自己神秘的回答，仿佛它们懂得我说的话。它们让那"噬人之爱"涌入我的心中。我进入一种连自己都有些吃惊的恍惚状态，但准备继续玩下去，直到累了为止。

佩特鲁斯又说对了：教导自己，自己便成了师父。

到了午饭时间，我却没有停下来吃饭。穿过沿途一些小村落时，我会暗自微笑并压低声音。如果那时有人注意到我，一定会认为如今前往圣地亚哥的朝圣者都疯疯癫癫的。但这没什么关系，因为我在与周围的事物共同庆祝生命，而且已经知道找到剑时该用它做些什么。

于是，整个下午我都在恍惚痴迷中前行，我知道自己要去哪里，也更加了解四周赠予我博爱的生命。头一次，天空积聚起浓云。我很希望能下雨——走了这么长的路，干旱了这么久，下雨早就成了一种激动人心的新鲜体验。下午三点，我踏上了加利西亚的土地。从地图上看，只须再翻过一座山便能结束这一阶段的翻山越岭了。我决定翻过这座山，在下山路上的第一个村庄特里卡斯特拉投宿。伟大的国王阿方索九世曾梦想在这里建一座大型城市，但数百年过去后，它仍然只是个乡野小村。

我时而唱歌，时而用自创的语言同万物交谈，开始攀登剩下的那座塞布雷罗山。这山的名字源于古时聚居此地的罗马人，意为"二月"①，大概在这个月中发生了什么重要的事情。曾几何时，人们认为它是圣地亚哥之路上最艰险的一关，可如今已发生了变化。虽说上山的路比别处要陡峭，但邻近的山上架设的电视天线成为朝圣者路上的参照，得以避免以往那些误入歧途的惨剧。

云层压得很低，用不了多久，我便会置身浓雾中。为了夜宿特里卡斯特拉，我必须处处留意黄色标记，因为电视天线已被大雾隐没。一旦迷路，只能再次露宿野外了——即将下起雨来，露宿的感觉可想而知。要么任雨点落在脸上，享受完整的自由与生命，到了晚上在附近找一个地方投宿，再来一杯酒，躺在床上充分休整后第二天继续赶路。要么在大雨滂沱中一夜无眠，躺在泥地里辗转反侧，让浸湿的绷带成为膝盖感染的温床。

我得赶快做出决定，是穿过浓雾继续前行——天黑前还有足够的时间，还是回头去几小时前经过的村庄借宿一晚，

①在西班牙语中，塞布雷罗（Cebrero）同二月（Febrero）拼写相近。

等明天再翻越塞布雷罗山。

在这个需要当机立断的时刻，我发现自己身上发生了某种奇异的变化。对剑的秘密的确信推着我向前走，直奔那片即将包围我的浓雾。这与我跟随小姑娘去"宽恕之门"或是跟随安吉尔去"木匠圣约瑟教堂"的感觉都不一样。

我想起在巴西时，少有的那么几次，我同意给人们讲授魔法课程，那时我惯于将这种神秘体验与另一种人人都有过的经历作比较：学骑自行车。你先跨上车踩踏板，然后摔倒。你跨上又摔下，反反复复，却并没有学会如何掌握平衡。但是在某一瞬间，你完全控制了车子，完美达到平衡。没有什么经验的累积，就是发生了某种"奇迹"，这一刻，变成了自行车在"骑你"。你跟着两个轮子晃晃悠悠地走着走着，便能将最初倒下的冲力变成转弯或是继续踩踏板的动力。

此时，下午四点，在攀登塞布雷罗山的路上，我发现同样的奇迹发生了。在圣地亚哥之路上走了这么久，终于变成了圣地亚哥之路在"走我"。我跟随着人们称为"直觉"的东西向前走，因为这一整天我都体验着那"噬人之爱"，因为我已发现了剑的秘密，因为人总能在危急关头做出正确的决定，于是我毫无畏惧地向浓雾中走去。

这雾总会散去的，我心想，同时努力在石头和树干上寻找朝圣之路的黄色标记。大概有一个小时，能见度非常低。

我唱着歌壮着胆，期待有什么非比寻常的事情发生。浓雾环绕，加之独自一人置身这如梦幻境中，我像是看电影一般审视圣地亚哥之路。影片中的英雄成就无人能及之举时，台下的观众大多在想，这种事只有在电影里才会发生。而我来到这里，在现实生活中亲身经历着这种事。林子愈加静默，浓雾渐渐散去。也许我已接近终点，但光线混淆了我的视线，将周围的一切涂染上神秘而可怖的色彩。

四周鸦雀无声，我凝神谛听，感觉一个女人的声音从左边传来。我立即停下脚步，等待着那个声音再次出现，但什么也没有，连树林里正常的响动，以及蟋蟀、昆虫或走兽踩过干枯树叶的声音都消失了。我看看表，下午五点十五分。离特里卡斯特拉大约还有四公里，时间还绰绰有余。

我将视线从手表上移开时，再次听到了那个女人的声音。那一刻，我体验到了人生中最重要的一次经历。

那声音并非来自森林，而是传自我的内心。我能真切地听到它，而它又让我的直觉变得更加敏锐。那不是我的声音，也不是阿斯特赖恩的。它只告诉我应该继续赶路，于是我毫不犹豫地遵从了。仿佛佩特鲁斯又回来了，向我讲解着命令与服从。这一刻，真的是圣地亚哥之路在"走我"，而我只是它的一个工具。浓雾渐散，天色渐明，我似乎已经走到了大雾的尽头。身边树木稀松，地面湿滑，脚下仍旧是那条已攀爬许久的陡峭山坡。

突然间，像魔法一般，浓雾消失得无影无踪。我面前的山顶上矗立着一个十字架。

我环顾四周，看了看刚走出的那片云海，前方还有一片云海笼罩。两片云海之间是崇山峻岭的山巅，那座竖立着十字架的便是塞布雷罗山。我有一种强烈的愿望想要祷告。但我决定爬上山，去十字架脚下祈祷，尽管这会让我偏离前往特里卡斯特拉的路线。我静静地爬了四十分钟，刚才那套自编的语言已彻底从脑中消失，因为它既不是用来与人交流的，也不是与神沟通的。圣地亚哥之路成了一个"走我"的人，他会向我揭示出剑的位置。佩特鲁斯又说对了。

我来到山顶，发现一个人正坐在十字架旁写着什么。有那么一瞬间，我以为他是一位使者、一种灵异的幻象。但直觉告诉我并非如此，我看见他的衣服上缝着的扇贝壳。这也是一名朝圣者，他盯着我看了许久后便走开了。也许是我的到来搅扰了他，也许他和我一样在等一位天使，但最后我们发现对方不过是凡人之路上的又一个凡人。

尽管很想祈祷，我却说不出话来。我在十字架前站了很久，注视着群山与云海——浓云遮天蔽地，只让几座山的山尖露出头来。在下方百米左右的地方，一个约有十五户人家和一座教堂的小村庄已经点起了灯火。如果这是朝圣之路的安排，至少我有了个过夜的地方，虽说并不清楚自己几时能到那里。尽管佩特鲁斯已经离去，但我并不缺少向导，朝圣之路正在"走我"。

此时一只没拴好的羔羊①爬上山顶，来到我和十字架之间。它略带惊恐地看看我。我也久久地站在那里，看黑漆漆的天空，看十字架，看它脚下的白色羔羊。我突然间感到劳累，在经历了这么长时间的考验、战斗、学习和赶路后，所有的疲乏通通袭来。胃部一阵剧痛，接着痛感升至咽喉，最后变成了没有眼泪的抽泣。

我在羔羊和十字架面前哭起来。这座十字架不需要我去竖立，因为它就立在我面前，抵抗着岁月的侵蚀，孤独而伟大。它展示着人类为自己而不是为上帝创造的命运。圣地亚哥之路的教诲全都回到了我的脑海，我依旧抽泣着，羔羊是我唯一的见证者。

"主啊，"我终于能开口祈祷了，"我没被钉上这十字架，也没看见您在上面。十字架上空空的，它将永远如此，因为死亡的时代已经过去，一个神已在我心中重生。这十字架象征着人人皆有，却被钉死在十字架上的无穷法力。如今，这法力已获新生，世界已获拯救，我也有能力来施行您的神迹，

①基督教中，耶稣常被称为"天主的羔羊"。参见《约翰福音》1:29。

因为我已走过凡人之路。在芸芸众生那里，我已找到您的秘密。您也同样走过这凡人之路，把我们能做到的一切教给我们，但我们不愿接受。您昭示我们法力与荣耀人人可得，但只是匆匆一瞥，这种能力已让我们无法承受。我们把您钉上十字架，并非忘恩负义，而是害怕接受自己的能力。我们害怕变成神，因而将您钉上这十字架。时光流转，传统更迭，您成为一位遥远的神明，而我们重回人类自己的命运中。

"幸福无罪。几套灵操，加上凝神谛听，足以让人完成任何梦想。因我为自己的智慧骄傲，您让我走过这条人人皆可踏足的道路，去发现所有人只要在生活中稍加留意便能知道的东西。您让我看到追求幸福是个人的事情，他人不能传授。因而在找到剑前，我必须先发现剑的秘密。这秘密是如此简单，就是清楚用它来做什么、用它代表的幸福来做什么。

"我跋涉千里，只为发现我本知晓的道理，这些道理每个人都知道，只是难以接受。主啊，对于人类而言，还有什么事情比发现自己也能获得力量更难吗？郁积在我胸中的痛，让我泣不成声并惊吓了这只羔羊的痛，自有人类以来便已存在。很少有人愿意接受胜利的重负，大多数人在梦想即将成为可能时便选择了放弃。他们拒绝去打'善战'，因为他们不知道用幸福能做什么，因为他们被世事束缚得太紧。就像我一样，想要找到剑，却不清楚该用剑干什么。"

一个沉睡的神灵在我心中苏醒了，而疼痛愈演愈烈。我感到师父就在附近，我终于第一次流下了泪水。我因为感激师父而哭泣，是他让我走过圣地亚哥之路去寻剑。我因为感激佩特鲁斯而哭泣，他以自己的行为让我看到，只要发现梦想背后的秘密，梦想便能实现。我看看十字架，上面空无一人；再看十字架下的羔羊，它在山中自由自在，时而望望天上的云，时而看看脚下的雾。

羔羊站了起来，我跟在它身后。我知道它要带我去哪里。尽管云雾笼罩，但对我而言世界已澄澈透明。不用抬头仰望，我便知道银河的存在，知道它正向世人指引着圣地亚哥的方向。我跟着羔羊走向那座小村庄，村名同山名一样，也叫塞布雷罗。村子中曾发生过一件奇迹，那就是把你当下所做之事变成你的信仰的奇迹。这正是我的剑和神奇的圣地亚哥之路的秘密。

就在下山时，我忆起了那个故事。一个风骤雨狂的日子，附近村庄的一个农夫爬上山去塞布雷罗村做弥撒。主持弥撒的是一位毫无信仰的修士，他打心眼里轻视农夫的虔诚。但在进行祝圣仪式时，圣饼竟真的变成了耶稣的肉，酒变成了耶稣的血。圣遗物至今仍保存在小教堂里，它们可比梵蒂冈的所有财富珍贵得多。

在小村的入口处，羔羊停了下来。城中只有一条路，直通教堂。这一刻，我心中惊恐万分，不住地念："主啊，我不配进入你的住所。"羔羊却看向我，用眼神同我说起话来。它说我应永远忘记自己的卑贱，因为就像所有投身"善战"的人一样，力量已在我心中重生。它还告诉我，有那么一天，人类会再次为自己骄傲，到时候连大自然也要放声唱起颂歌，颂扬我们唤醒了心中的神灵。

羔羊看着我，我能从它眼中读出这一切。现在，它成了我在圣地亚哥之路上的向导。一瞬间，一切变得暗淡下来，我看见与《启示录》中非常相似的场景：伟大的羔羊在宝座上，人们用羔羊的血洗净自己的衣服。沉睡的神灵在每一个人心中苏醒了。我还看见了未来几年的几场将震惊世界的战争、危机和灾难。但一切都以羔羊胜利，世间所有人都唤醒了心中神灵、激活全部力量而告终。

我跟着羔羊来到小教堂前。这教堂是那位农夫和那位转而坚定了信仰的修士共同建造的。没人知道他们是谁，只有教堂旁墓地里那两座无名墓碑表明他们葬于此地，但已无从知晓各自是哪一座，因为只有这两股力量共同投入"善战"，才会发生奇迹。

我走进去，发现教堂已灯火通明。是的，我配进入这里，因为我有一把剑，并且知道用它做些什么。这不是"宽恕之门"，因为我已被宽恕，我的衣服已在羔羊血中洗过。现在，我只想拿到我的剑，带着它出去投身"善战"。

小教堂里一个十字架也没有。祭台上摆放的，正是那神奇的遗物：圣杯和圣餐盘，我在那次舞蹈中也看见过它们。此外还有一个装着耶稣的血和肉的圣物匣。我再次开始相信神迹，相信人们可以在日常生活中完成一些不可思议之事。就像周围那些高大的山峰，它们仿佛在说自己耸立在那里，只是为了向人类挑战，而人类之所以存在，只是为了接受这份挑战的光荣。

羔羊沿着一条长凳溜走了。祭台前，有个人在微笑，或许其中还有几分释然——我的师父，他手里正握着我的剑。

我站住不动。他走上前来，经过我身旁，一直走到外面。我跟在他身后。在教堂门前，师父仰望着黑漆漆的天空，拔剑出鞘，并让我同他一起握住剑柄。剑锋指天，他念诵起《诗篇》中赞美远行征战之人的章节：

> 虽有千人倒在你旁边，万人倒在你右边，这灾却不得临近你。

祸患必不临到你，灾害也不挨近你的帐棚。因为要为你吩咐他的使者，在你行的一切道路上保护你。[1]

这时我跪了下来，他用剑刃碰了碰我的双肩，同时念道：

你要踹在狮子和虺蛇的身上，践踏少壮狮子和大蛇。[2]

话音刚落，雨就落了下来。甘雨滋润着大地。只有让一粒种子萌发、一棵树木长大、一朵鲜花绽放后，它才重回天空。雨越下越大，我抬起头，在圣地亚哥之路上第一次感受到雨水的滋味。我想起那些荒芜的田野，不禁欣喜，今晚它们终于得到滋润。我又想起了莱昂的岩石、纳瓦拉的麦田、卡斯蒂利亚的旱地和里奥哈的葡萄园，它们也都畅饮着倾泻如注的雨水，接受着上天带来的力量。我想起自己曾竖起过一个十字架，但这样的疾风骤雨必然会将它再次推倒，好让另一位朝圣者学习"命令与服从"。我想起那道瀑布，随着雨水的汇入，它一定会更加湍急。我还想起了丰塞巴东，在那里我留下了许多力量，好让土地重新丰饶。我想起许多口泉眼，这一路我不知喝过多少水，现在都将补上。我配得上自己的剑，

---

① 《诗篇》91:7，91:10。

② 《诗篇》91:13。

因为我已知道要用它做些什么。

　　师父把剑递给我，我将它握在手中。我搜寻着那只羔羊，它已消失得无影无踪。不过，这并不要紧：生命之水正从天而降，让我的宝剑熠熠生辉。

尾 声

圣地亚哥－德孔波斯特拉

从宾馆的窗户望出去，我可以看到圣地亚哥大教堂。教堂门前正有几位游客，穿着中世纪黑袍的学生在人群中穿梭，卖纪念品的小贩也已开张。正是大清早，除了些许笔记，这是关于圣地亚哥之路，我写下的头几行文字。

我昨天抵达这座城市。塞布雷罗附近的佩德拉菲塔和圣地亚哥之间有一班客车，我便是搭乘这辆车，在四小时内走过了两城之间一百五十公里的距离。和佩特鲁斯一起赶路时，我们走这么远通常需要两个星期。过一会儿，我要出门前往圣雅各墓，在墓前奉上贝壳底座的"圣母显灵像"。之后会尽快搭乘飞机返回巴西，因为我还有很多事情要做。我记得佩特鲁斯说过，他曾把朝圣的所有经历都浓缩在一幅画里，于是我动起了写书的念头。但一切仍只是一个遥远的想法，我已找到了自己的剑，现在有很多事等着我去做。

那把剑的秘密只属于我，我不会再告诉其他人。它写在了一张纸上，压在一块石头下面，这场雨过后，纸肯定已经泡烂了。如此最好，佩特鲁斯无须知道。

我问师父他是怎么知道我会在这一天到达的，还是他已在那里等候多日。他笑了笑，说自己是前一天早上到的，即使我没来，他第二天也要离开。我问他这怎么可能，他却不再回答。当他坐进回马德里的出租车，要同我道别时，递给我一枚圣地亚哥宝剑骑士团的小徽章，并告诉我，当我紧紧盯住那羔羊的双眼时，已获得了伟大的天启。

回想过去那些努力的日子，我想，或许终有一天我会明白：人们总会在准确的时间，到达那有人等着他的地方。

图书在版编目（CIP）数据

朝圣／（巴西）保罗·柯艾略著；符辰希译 . —— 北
京：北京十月文艺出版社，2018.6
ISBN 978-7-5302-1833-4

Ⅰ.①朝… Ⅱ.①保…②符… Ⅲ.①长篇小说—巴
西—现代 Ⅳ.①I777.45

中国版本图书馆 CIP 数据核字（2018）第 088159 号

著作权合同登记号 图字：01-2018-2830

O DIÁRIO DE UM MAGO by Paulo Coelho
Copyright © 1987 by Paulo Coelho
http://paulocoelhoblog.com/
This edition was published by arrangements with Sant Jordi Asociados Agencia
Literaria S.L.U.,Barcelona,SPAIN through Bardon-Chinese Media Agency.
All Rights Reserved.

朝圣
CHAO SHENG
〔巴西〕保罗·柯艾略 著
符辰希 译

出　　版　北京出版集团公司
　　　　　北京十月文艺出版社
地　　址　北京北三环中路 6 号
邮　　编　100120
网　　址　www.bph.com.cn
发　　行　新经典发行有限公司
　　　　　电话 (010)68423599
经　　销　新华书店
印　　刷　河北鹏润印刷有限公司
版　　次　2018 年 6 月第 1 版
　　　　　2019 年 1 月第 3 次印刷
开　　本　850 毫米 ×1168 毫米　1/32
印　　张　7.75
字　　数　130 千字
书　　号　ISBN 978-7-5302-1833-4
定　　价　45.00 元
质量监督电话　010-58572393
如有印装质量问题，由本社负责调换